宣 木 瓜 别 墅

窒息的家

须一瓜 著

文匯出版社

图书在版编目（CIP）数据

窒息的家：宣木瓜别墅 / 须一瓜著 . —— 上海：文汇出版社, 2023.5
 ISBN 978-7-5496-4005-8

Ⅰ.①窒… Ⅱ.①须… Ⅲ.①长篇小说-中国-当代 Ⅳ.① I247.5

中国国家版本馆 CIP 数据核字 (2023) 第 046533 号

窒息的家：宣木瓜别墅

作　　者	/	须一瓜
责任编辑	/	陈　屹
特约编辑	/	李晓宇　　蔡雅婷　　郭昊雯
封面设计	/	刘小梅
出版发行	/	文汇出版社
		上海市威海路 755 号
		（邮政编码 200041）
经　　销	/	全国新华书店
印刷装订	/	嘉业印刷（天津）有限公司
版　　次	/	2023 年 5 月第 1 版
印　　次	/	2023 年 10 月第 2 次印刷
开　　本	/	889mm×1270mm　1/32
字　　数	/	123 千字
印　　张	/	5.5

ISBN 978-7-5496-4005-8
定　　价　/　49.90 元

侵权必究
装订质量问题，请致电 010-87681002（免费更换，邮寄到付）

错位是永恒的关系结构——

在我们家，没有意外。

再大的意外，都不是意外，总有人——家里至少有一个人——会说"不出所料"。

寄养在乡下五岁半的我，和外婆、小舅舅与村会计一家打群架，我一镰刀把会计家的小儿子，挥进了鱼塘。村里劝架和看热闹的人群当时一片惊叫：这小鬼……

我外婆捋了捋她沾在颧骨血痕上的乱发，说，走。小舅舅把我抱起，我手里依然握着镰刀。我们三辈人凯旋，会计一家还在鱼塘里鬼哭狼嚎地扑腾着捞儿子。而我外婆，一路走得从容散淡。

半年后，六岁的我，突然获得合法身份，可以回城上小学了，代价是：缴超生罚款，父亲降职。对此，据说父亲早有耳闻，降不降职，他都知道自己养不好他一家四口，所以，罚款降职之前，他已经悄悄和别人一起摸索做生意了。他所在的单位，有物资供应方面的信息优势，据说有两个月，他们整过一些进口钢材的批条，每个人就净赚数万块；再后来，他彻底下海。虽然生意时好时坏，但终究让我们家日益宽裕了。王卫国总能沉着地应对日子。在他的脑袋里，意外的那个"意"，远比一般人宽广。能够走到他的"意"外面，是需要相当长的旅程的。

至于我哥哥王红星失踪，我妈美静不意外；即使他生死不明，她也不意外；而让我们一家差点被灭门的大车祸，父亲说他不意外，即使美静当场去世，他也不出所料似的不动声色。最后，曲终人散时，光辉老师见义勇为牺牲，我想，是该轮到我说"不出所料"了。我得承认，意外还是吸引我注意的，不能说我喜欢意外，但意外，让生活具足闪电的光芒。我喜欢耀目的闪电之后，万象隐忍遍地深沉。

> 事情发生了
> 自有它发生的理由
> 我未必能够知道
> 但我必须接受已经发生的一切
> 抱怨事情不该发生
> 是不让自己成长
> 如何配合已经发生的事情
> 给自己制造
> 成功开心的机会才是最重要的
>
> ——萨提亚（Virginia Satir），
> 著名心理治疗师，被誉为"每个人的家庭疗愈师"

一

还是先说光辉老师吧，不是因为他是我丈夫，也不是因为他以光辉终结，而是这样叙述，可能相对会避免我陈述的混乱。当然，他本身，也至关重要。

六七年前的一个国庆之后，岱纹区卫健委在我们小区B区南门，挂了个"心理卫生服务中心"的小牌子。据说授牌仪式那天，B区南门口有舞狮表演，还有免费测血压、搭脉观舌等中西医咨询活动。区卫健委、街道办都有来人，他们在红底白字的标语"关爱生命、关注心理健康"的横幅下讲了话。我们家不知道，很多人也不知道。大家在南门进进出出，不明白也懒得猜那是干吗的。光辉老师后来说，区政府之所以观念超前，一是因为市"心理健康关怀热线"连续三年的统计显示，来自岱纹区的心理求助电话最多；二是岱纹区自杀率最高，很多居民看起来一言不合就不活了。还有，那些孩子动辄就跳楼，很多老人一不高兴就寻短见，不少夫妻一怒之下就弄死对方或杀死自己。岱纹区是老市区，人口稠密，寸土寸金，建筑新旧杂陈，水系发达，很多爱与痛的连心故事就在里面葳蕤生长。

如果不是光辉老师，我们家都无法想象还有那么一个看不见的心理世界，更想象不出，有那么多人对它有准宗教的信仰。在后来的我看来，我们家就是一个野草丛生、虬根盘结的破旧老花园，光辉老师带着他奇异的心理大小剪刀，开始考察、修葺、整理乱象。

光辉老师大学学的是金融，毕业后在一家国企工程厂做小财务，但他一直自学心理学，参加心理疗愈的各种培训课程、心理团队活动。他也没有放弃炒股，有一次炒股收成比较大，他就用年休假去了广州还是北京，上了几天中外什么班的外籍老师亲授的、昂贵的培训课。他和前妻就是在那时候认识的，后来她走向别的心理技术门派，他们有了认识分歧，再加上别的我记不住的原因，最后就分手了。四五岁的楚天骄跟了光辉老师，妈妈进京奋斗。我认识光辉老师的时候，京城的天骄妈妈已经是一小时收费五六百元的心理咨询师了。光辉老师运气要差一点，他说要不是为了孩子，他早就去广州了。他考取了国家二级心理咨询师证书，他还有个国际心理咨询师证，说是通过什么ACI认证的，不过，听说国家并不承认。总之，和很多心理疗愈爱好者一样，他一直在努力进步。美静说，光辉老师最可贵的是，每月至少一次，去开发区打工者之家，为务工人员提供免费的心理健康疏导。周末，他还有邀必去，去值守关工委旗下的"青少年自杀干预热线"。在当地圈子里，能言善道、气度沉稳的光辉老师，颇有知名度。有一对卧轨自杀未遂而转向经营心理疗愈的打工情侣，在几次心理团队活动后，力邀光辉老师和他们一起成立心理工作坊。光辉老师嫌弃他们中学辍学，文案里还有四个错别字，所以更倾向于和他的高中同学阿梨合伙做事。阿梨毕业于国内名校心理学专业，在市第一医院精神卫生科任职，百无聊赖，十天半个月也来不了几个病人。科主任一小时三十元，医保卡销账，依然门可罗雀。所以，心理科医生在医院地位很边缘。阿梨本来想去上海，后来结婚生子，梦想就偃旗息鼓了。她和光辉老师，在一个催眠实操讲座课上重逢，感动于彼此内心的坚守，生出了共同创业的想法。阿梨痛恨二三线小城的人，宁愿烧香拜佛，也不寻求心理援助。但阿梨谨慎胆小，辞去铁饭碗的公职自己干，她还不敢。光辉老师比阿梨乐观，说美国的民众与心理医生的医患比例是1000∶1，我们国家是100000∶9，我们将商机无限，就和圈地一样，谁下手早谁的地就大。所以，他一直鼓励阿梨下海和他一起创建心理工作坊。但认识容易到位，物质条件却是硬碰硬的基础。启动资金、选址、租房、跑手续，光有破釜沉舟的勇气还远远不够。中山公园附近有个归侨别墅，出租人在别墅的天台上加盖了两小间，光房租就要光辉老师三个月的薪水，换算下来，按目前他一小时两百元上下的行情，一个月他要为房东咨询二十几个小时，而他一周最多接待两个客人，也就是一个月十小时左右的咨询量，这超出了他的承租能力。不过，他和阿梨都很满意那里，整个天台一大片的三角梅，连那两小间的房顶，都爬满了橙色和蓝紫色的三角梅，他们觉得那才是给人以信任感的私密又放松的工作环境。于是，他们就凑钱干了。光辉老师为主，阿梨兼职。

光辉老师在工程厂辞职前，还有一个兼职。本地名校怀柔四中设置了心理关怀室，受人举荐，光辉老师每两周去一次，和那些对心理学好奇的、需要心理疗愈的中学生聊一聊，陪他们玩些沙盘、OH卡牌、房树人等心理辅导游戏。学生是不用付钱的，但学校会按月给光辉老师一些津贴。没想到几个月后，一个高三女孩，毫无征兆地从学校钟楼跳下，人当场就没了。前一天，她和同学还去过心理关怀室。多年后，光辉老师跟我说：阴差阳错吧，也许我没有取得那个女学生的信任。也许因为我的督导老师，没有及时回复我的帮助请求，当然，主要是我也没有意识到问题的严重性。

那件事当时让光辉老师蒙上很不好的执业阴影，他就辞去了学校的心理关怀工作。岱纹区政府关注居民心理健康的举措一出台，他经人举荐，也踊跃报名。他认为，心理咨询服务的春天要来了。

不过，心理服务的春天好像并没有来。驻扎在我们小区南门的他，穿着白大褂，经常在心理健康中心的门口树下，看老人下棋，十天半个月也没有一个求助者进来。有时，他还会被居委会、物业征用，到居民家参与夫妻吵架或邻里纠纷的调解工作，怀才不遇。直到半年后一个愁闷人的雨天，我妈美静和光辉老师相遇了。她塑料袋的提手突然断了，里面的苹果滚落一地。

光辉老师在雨中帮助美静"追捕"苹果。撑着伞、提着菜的美静，感动地看着那个穿白大褂、胖胖的好人，为她在雨中忙碌。于是，美静就走进了那个社区心理健康服务中心的小门。一个话痨天使邂逅了一个以听话维生的寂寞天使，一来二去就成了忘年交。美静把她的故旧、闺密、老乡，都带去参加过心理健康活动，甚至发展到带王卫国那些企业界朋友的太太们去上课。一个做保险柜的老板的前妻，参加了几次活动，就请光辉老师帮忙处理她弟弟和弟媳的婚姻关系；有一个闺密的丈夫，还请光辉老师去他们单位举办了职场关系讲座。在光辉老师和我妈美静的友谊里，我们家倒没有产生一个案主，我们都自评心理健康正常，尤其是王卫国。王红星失踪后，美静一直感叹，说王红星太不应该错过心理健康中心了，就开在我们家门口，都送到你眼皮子底下了，你还要老天爷怎样呢？唉！不怪老天，都是命啊！

王卫国厌恶并喝止美静的哀叹。

美静是个非常非常话多的女人。每天，她就像窗台上的小麻雀，只要醒来，就每时每刻发出纤细温柔的各种细碎声音。语速特别缓慢，声音低柔又清美，即使在平淡庸常的普通日子，即使无人参与对话，她也会不停地叽叽啾啾：即时喟叹、回忆追怀、莫名抒怀，还有各种完全不在乎反馈的询问、探讨、感慨、懊恼与感伤，同时也有自我提醒和激励。只有王卫国能制止她，只要他一个犀利眼神，美静就会立刻闭嘴，赔上一个剑眉扬起、嘴角下撇的可爱笑脸。这对夫妻是个奇怪的存在，王卫国这么一个言简意赅的少语男人，偏偏能容忍美静这个碎碎念泛滥成灾的话痨。直到美静死去，看着王卫国像失水的植物，我才意识到，美静独有的滔滔不绝，不只是王卫国岁月正常的证明，更是他生命里的阳光雨露。不过呢，这都是往事如烟后我才了悟的感觉，而当时，王卫国对美静成为心理学信徒十分反感，尤其是她老暗示王红星如果有心理援助就不会离家出走——这让王卫国愤怒。他说：给我闭嘴！

这些并不妨碍我妈美静把那个小小的服务中心，视为人生新天地。她有事没事就到那里唠嗑，积累心理学学问。她就像个托儿，不仅成功地帮光辉老师介绍过几个同学、同事，让他去处理婚姻亲密关系、给抑郁症孩子予关怀，另外还在她的同乡会、同学会里面，撮合光辉老师做了几场亲子关系公益讲座。那个时期，美静时不时地参加本土心理圈的各种活动，嘴里不时会蹦出几个心理学专业术语。王卫国难得地幽默点评：你妈时髦。

关于我们家，我猜通过美静的嘴，光辉老师早就看到了一切。包括我们家一直没竣工的宣木瓜别墅。有时候我想，要是我妈美静不认识光辉老师，也许王卫国未必会加快入住别墅的步伐，甚至可能永远不会去住。光辉老师一看到别墅，就叹息：太适合做疗愈工作坊了！尤其是楼下一面向湖（水库）、一面向竹林的那三四间屋子，可以作为咨询室、休息间；而客厅、院子、天台，户内户外都适合举办各种心理引导或培训活动。

那时候，王卫国的生意战线变长变大，他时不时地在出差途中。美静则参加各种心理培训聚会。作为心理疗愈的发烧友，她最想拉王红星进入，但直到王红星失踪，他也从不染指那个地界。说起来，我妈美静在家的确没有影响力。实际上，她感觉到失踪的王红星已离世，我是恐惧这个念头而坚决否认。但和我、和我妈美静，包括和光辉老师不一样的是，王卫国坚信王红星没死，甚至因为笃定他没有死而追加鄙视——他还没长出那个胆子。

对此，光辉老师总是一脸忧伤，有时他会难以觉察地摇头。

二

六岁前,我一直住在离我父母家两个小时中巴车程的小茶乡,一天里,只有一班很不准时的、黄色的肮脏中巴会路过那儿。村前村后,到处都是起伏的矮茶山,外婆家门口右边,就是一个一口气就能跑上去的小山包,几十条茶垄,像一条条肥胖的绿毛虫,趴在缓坡上。一条小路——缝隙里总是长着牛筋草的小石板路,通往村里那条水很急的小溪边。过了桥就有一片更大的老茶丛,再穿过它,就可以看到村里紧挨着的两口大小鱼塘。我们家和村会计家打生死架的那次,就在大鱼塘边。大鱼塘前,有条板车那么宽的路,那是我们村的中央大道,它像电灯泡线一样,串联很多人家的房屋,包括祖祠和村委房。顺着大鱼塘后面的另一条杂草掩映着的弯弯的小路走,就又可以走回小溪边。不过,那一段的溪面很宽,水又平又浅。大人把大石头,一步一块,直接放在水里,就成了过河桥。跳上第三块过河石,就能看见远处小山包边我外婆家房子上矮矮歪歪的烟囱了。

寒暑假的时候,美静有时会带王红星来外婆家小住,王卫国比较少来。记得有一次,王红星把糖包蛋,扔到窗外院子里假装自己吃掉了。我还在喝蛋汤,没发现王红星的动作,但王卫国过来只是看了一眼,就像旋风一样冲到院子里,把王红星扔出去的、还沾着泥土和草灰的蛋,捡了回来。王红星面如死灰。我听到美静大喊大叫才抬起头,也看到了外婆有点幸灾乐祸的脸。妈妈在喊:地上都是鸡鸭粪便不卫生呀,卫国!王卫国大步走向依然在窗前吃饭的小男孩。那个用开水冲过的蛋,被放进了王红星碗里。

吃掉!王卫国一脸铁青。

王红星刚用汤匙舀起蛋,眼泪就淌下来了。他转眼求助地看妈妈。

父亲又说,吃掉!

王红星咬了一口,呕的一声,把饭全部吐了出来。看得我也差点吐了。

即使爸爸不来,只有美静和王红星一起来,最多也是住两三天就走。他们都住不长,因为王红星在学画画,更重要的是,住三天以上,外婆和妈妈就会吵架。外婆很凶,吵到后面她叫我妈滚——是真的要她滚,而且马上滚的那种。有次我和王红星吃炖鸭胗,一人一个。炖前,美静把一个鸭胗用刀划了个"×",一炖熟,我伸手乱拿,被美静夺下,示意我拿另外一个。王红星看着妈妈放在他碗里的有记号的鸭胗,并不太想吃,我以为他嫌脏,说,那给我。他故意把碗高高端起护着,表示蔑视我的建议。外婆走过来,也是只看了一眼,她就什么都明白了,有记号的更大更新鲜。外婆劈手就把妈妈的饭碗摔了出去,惊得院子里的鸡鸭乱冲。还有一次,包芋饺子。美静包的馅儿肉块比外婆多,煮好的时候,她从锅里挑馅儿多、肉多、胖鼓鼓的芋饺子盛给王红星，我碗里的就是随机盛的。外婆火眼金睛，又和美静大吵了一架。美静很委屈：哪有重女轻男的老人哪，王红星他身子弱，他不是你亲外孙啊！

外婆用吹火棍狠狠打地：那红朵是你捡的？！

美静就照例在泪眼中落荒而逃。有一次，我妈美静被外婆赶走了好久，我出去玩，竟然在那个长途破车站的老槐树下，看到她和王红星还在等回城的肮脏黄中巴。我远远地看了他们母子好一会儿，有点讨厌，但又有点惆怅不舍。我觉得外婆比美静厉害得多。

我被允许回城的时候，外婆凶巴巴地哭了。她知道有了合法身份的小孩，就必须回父母身边上学，但她那一刻的表情，简直像人间遍地仇人。我和王红星没心没肺地偷笑。我一直知道，我是多么热望城里，关于父母的家，我想象了一切美好。我对外婆也有意见，她揍小孩完全不讲节制——节约体力、节约情绪、节约家当什么的。那次我不小心烧了厨房，她拿着火钳满茶垄地追打我，那要是被她追上了，我肯定要丢半条小命。一老一小癫狂地追逃，让全村人都知道了那个超生小浑蛋，差点烧光了韦家。我也知道，大我两岁的王红星一直对我很傲慢。天冷的时候，美静呢，肯定不会把我的脚丫子捂在她怀里，像外婆冬天总对我做的那样。事实上，美静没羞没臊地偏心，让我在乡下就知道她不太在意我，但是好在王卫国一直没有偏心，他亲手剥好的石榴籽、山胡桃仁，总是一人一半，放在两个小酱油碟里，王红星的没有比我的多；他总是一碗水端平地要求我和王红星，他一视同仁地苛刻严厉，毫无区别之心。所以，没有眼泪的时候，我经常忘记外婆，忘记了那个四面茶垄、小溪清清、烟囱矮歪歪的小

011

茶乡。

结束了六年的"黑孩"历史，我换着乳牙，开始了城里的小学生活。家里那时是单位分的小三房，爸爸妈妈住东南大卧；一间是书房，里面有个没人跑的跑步机；读三年级的王红星房间里，王卫国搭了个钢丝小床，就是我睡的。王红星看起来不欢迎我，但他不敢说，就一直对我翻白眼；他也不喜欢爸爸安放在他写字桌边的蓝色小童桌，因为一年级的我，也要做作业了。我对一切满意。王红星的房间有小阳台，爬上栏杆，就能拽到外面的树叶，我来的第二天，一大早就有好几种小鸟叫声，好像外婆家的鸟也跟我搬过来住了。

在钢丝小床上，我一个劲地蹦，对它有趣的弹性反应非常兴奋。王红星一脸嫌弃厌恶，出去告了状。美静就进来说，再吵你就去外面睡客厅！于是，我就改了活动思路，无声地前翻滚、后滚翻，又在床底抠抠搜搜，津津有味地琢磨钢丝的构造与原理，嘴里还发出各种夸张惊叹的声音。王红星终于憋不住了，也到钢丝床前。后来我们就一起上去蹦，才几下，钢丝床就被我们搞倒了，被夹住的王红星像猪一样叫。

第二天早上，王红星被打了。他尿床了。王卫国是用书房卷轴筒里插着的、有点像尺子的长竹片打的。王红星对它又恨又怕，说，隔着裤子，屁股也很痛。我说，那我们把它扔掉！王红星说，那他会再找一根更大更让人痛的。那天揍完，父亲让王红星跪在阳台上反省，要求他仔细感受妈妈洗晒毛巾被和床单的辛苦，然后写一篇关于这个主题的日记。王红星捂着屁股，耷拉着脑袋跪着。我才知道，王红星原来有尿床的习惯，一两周一次，每次发作，都会被父亲严厉教训。昨晚他和我玩得太兴奋了，而且喝了一听可乐，违背了两条睡前纪律：晚上不许喝水；饭后不可以太疯。尿床这个事件，让我感到惊异亢奋，我心里巴望着王红星再来一次。果然，过了几天，他真的又尿床了。天刚刚亮，我是被他低低的抽泣声弄醒的，他绝望地跪坐在床沿。我跳下钢丝床奔过去，说，你是不是又尿床啦？他把我狠狠推开，飞快地把被子堆掩在尿湿的地方，然后他伏在那个被子堆上，他一直脸朝下伏在被子堆上。我知道他在哭，我就抱脚坐在他床边。这次他没有赶走我，但也一直不理我。我去卫生间拿了电吹风，示意让他吹干。王红星摇头说，不能，它非常响，爸爸会被吵醒的。天亮的时候，自然案发了。王红星又被打了，打得很死。父亲本来好像没有打他的意思，只是阴沉地问为什么。王红星艰难辩解，……梦里……一直找不到厕所……后来以为……

美静估计是害怕担责任，她语速激越，睡前我不是提醒你两次，小便了再睡小便了再睡，你有没有听？王红星嘟囔摇头，没……

王卫国就一耳光摔了上去。王红星摔在地上，他捂的是耳朵，不是脸。后来他听力不太好，他说可能是爸爸揍的。王卫国欣赏认错的人，他最讨厌的情况就是，错了还诡辩。他自己就是一个讲究责任的人，一辈子苛刻整洁，为人处世一丝不苟，严厉敢担当。这一点，他和外婆互相欣赏，他自评他和外婆都是有胆量有血性的人，区别就在于，外婆是胆大妄为，他王卫国是胆大慎为。他看不起但很包容我妈美静的胆小懦弱、没有主张，美静也在对丈夫亦步亦趋的拥戴中，享受着顺从霸道的舒适与个人的安宁。这个当妈的，还真是由衷地崇拜她的丈夫，他俩应该算天仙配。据说，王卫国在任何阶段都大幅度比美静漂亮，而且忠诚顾家。厨房书房、文武粗细、家内家外，他都扛得游刃有余。对美静来说，王卫国就是天神一样的存在。据说，王卫国从部队一复员，他出众的犀利帅气、利索稳重，成了单位里家有女儿的叔叔阿姨的"抢手货"。很多姑娘特意到单位门口等着看他下班。据说有个顶头领导的外孙女比西施还美，但是个性太强了，王卫国一接触就走避，最终成全了长相普通、温柔无脑的我妈美静。普通女人的反超，激起了很多美貌女子的公愤，但美女嫁赖汉，俊男娶丑妻，本来就有人间真谛的老话在前。事实上，他们夫唱妻随，琴瑟真的很和谐。

三

　　我本来以为，这个家里，王红星最讨厌。但是后来，我开始花很多时间提防美静欺负我。她很麻烦，幸好有王卫国的公平接济，我才可以勉强对付。再后来，我发现最讨厌的人是王卫国。这个人是我打不过的对手，就是命中注定的天敌。这个感觉，其实从城里生活一开始时就出现了。但我初来乍到的心，过于欣欣向荣而忽略了这威猛的钳制力。

　　王卫国要端正我的东西很多：吃饭不扶碗；拿筷子的姿势难看；只挑鱼肉蛋，不吃青菜；边嚼食边讲话；说话太大声；出门不主动叫人；总忘记冲厕所；洗手不用洗手液；没有对让行的清洁工说谢谢，同理，没有对帮助我捡雨伞的小区保安说谢谢……所有的错误行为，只有三次指正的机会，第四次开始，就用暴力纠偏。说真的，有些习惯比较难改。我在饭桌上，被父亲的筷子打过至少二十次。王卫国对我拿筷子"像手指抽筋"，而且还"乱翻菜"而恨断肝肠：你怎么会——吃相这么难看？！我妈美静乘机报复我外婆说，看看，看看，都是乡下老人放任的结果。

　　王卫国手把手教过我：手指要像按琴孔位置一样，优美松

015

弛，筷子才能开合自如，"你这样像手抽筋一样握着筷子，既夹不住东西又看起来很脏。"因为我屡教不改，王卫国宣布：现在开始，你用左手吃饭。改好了，再换回右手吃。我一个小吃货，这不是比体罚更要我的命？不过，王卫国和我妈美静，看起来还是崇拜体罚。三五天没有体罚，我们家的教育事业就沦陷了。

  罚跪的次数就更多了。我和王红星，经常忙着受罚。罚跪时，王卫国不唠叨，美静自动旁白批注：——我说不要抢、不要抢，她简直是饿死鬼投胎，好了，这么好的碟子打破啦，还打得这么碎，补都不能补了，再也不成套了啦；——鼻涕往哪儿擦你往哪儿擦？讲了多少遍，没有规矩不成方圆呀红朵！——昨晚还骗我说刷过了，连刷牙都要撒谎！那还不是坏你自己的牙呀？到时候是你蛀牙痛，可不是我痛；——老师说，拉都拉不开，使劲拉开，她就拼命吐口水，城里哪有小孩还吐口水啊！丢不丢我们王家的脸啊，人家以为你爸妈都是没文化的小市民呢！我告诉你，你爸要不是为了你们下海了，现在起码是主任，副局长也说不定呀；——多少次了，都骗我说作业做完了才打游戏机的，我就跟她讲，看你爸回来揍不揍你，一个爱顶嘴的孩子，长大肯定不孝顺，去看看那些枪毙掉的劳改犯……你哥哥虽然胆小没用，但就从来不撒谎，从来不顶撞……

  只有一次，好像是我玩试电笔把家里搞断电的那次，王卫国不用她旁白，直接边动手边咆哮：怎么你就不懂什么叫危险？！听不懂人话吗！——简直就是刚下山的野猴子！

  好长一段时间，王红星都叫我野猴子。我就叫他爱哭鬼。他挨打的次数更多，有时候因为一件事情，爸爸揍他，他哭了。这本就应该结束了，但是呢，因为美静心疼他，他就坚持哭很久。

王卫国说，够了。王卫国说，闭嘴！他想想又哼哼，一边还拿眼睛瞟美静。王卫国就一巴掌上去了。每当他这样的时候，我都很开心，我一边害怕父亲动粗，一边期待他赶快动粗，估计就像父亲揍我时王红星的心理一样。所以，我们互叫绰号的那一年，是我俩最恶意相向的日子。直到我二年级、他四年级的那个夏天，我们在小区配电房杂草深处，捡到一只刚出生的小花猫。王红星知道爸爸不让养宠物，因为他同学家狗狗生了一窝小狗，同学看他喜欢，就送给他一只小白狗，但被父亲强逼着退了回去。美静也说养了狗家里全是跳蚤寄生虫。

　　那只小猫不到小孩的手掌长，稀松的黄棕黑三色毛覆盖不住它瘦骨嶙峋的身子，眼睛都被眼屎糊住了，一直有气无力地呀呀叫着，不认真听都听不到，牙齿只有白芝麻尖尖大。我俩就把它拿给门岗保安，两个保安都说活不了，肯定是有病，猫妈妈才不要的。他们让我们把猫扔到垃圾箱去。我和王红星都舍不得，我们把它放在一个捡来的鞋盒里，给它买了火腿肠和牛奶，可它都不吃。保安一直笑我们，说救不活的，除非你喂它羊奶、人奶。我们决定把它偷偷带回家，因为爸爸出差。他在家，什么都瞒不过他，但美静一贯粗心，可能就发现不了。我们先养养看能不能活。那个晚上，我和王红星一夜照顾这只小猫，我们用棉签蘸水，把它的眼睛小心洗干净了。它的眼睛灰灰圆圆的，能看见，我们太高兴了。但它还是不吃牛奶，它什么都不吃总在发抖，我们就把它放在床上。我想起来，隔壁阿姨在喂奶，天天说奶水太多，不然我去向她要一杯。王红星不敢，我说我去。

　　第二天天才亮，我就去隔壁阿姨家按门铃。我手里举着一个纸杯。我本来想不说实话，就说我有急用，但是，阿姨说，你不说实话我才不给。我说,你那天不是跟我妈妈说,你奶水太多吗。她说,太多我挤掉。我说挤掉多可惜呀,我有急用,你给我一杯吧。她说,你不说实话,我不给。我就说了,话还没说完,她一声尖叫,连推带轰,发疯一样把我赶出门了。

因为那件事情,我和王红星都挨打了。王卫国的火气非常大,用皮带抽得我们一起鬼叫。王红星说,爸爸那么生气,是因为家里全是跳蚤,他一进门就被咬了。我觉得是隔壁阿姨告状惹毛了他,因为他在抽我们的时候,一直怒吼,还敢去讨奶!这个状当然是美静转告的,隔壁阿姨先找她说我一大早去讨人奶的事。美静为了保护王红星,每次都把我说成主谋,还举旁证说,保安也劝我们丢掉,但是我不肯;说也是我想到把野猫盒放在床上的,搞得家里到处是跳蚤;说就是我胆大包天去隔壁讨人奶的。王红星一贯不敢吭气,光是哭。我也看出来王卫国对我们是一起痛下毒手,并没有分主从犯。让我们一致迸发仇恨的是,父亲找到小鞋盒,直接把小奶猫连盒子,使劲摔到楼下了。我们家住三楼,我和王红星一起尖叫着冲下楼去。小猫被捡起来的时候,嘴唇青白,就像复印纸边,它看了我们俩一眼,就闭上了灰色的眼睛。

我和王红星坐地号哭。有个机灵的围观孩子,把他的玩具铲子给王红星,示意要不要挖坑。我和王红星就边哭边挖坑,把小猫咪埋了,有个小孩还往坑里扔了一颗巧克力。王红星用橡树叶为小猫咪立了个墓碑。我们两手污泥,泪眼汪汪。我们在小猫坟前默哀似的站着,很多刚才看到我们兄妹大哭的孩子,也像默哀那样,耷拉着脑袋,默立了好一会儿。就是那一会儿,我看到王卫国远远地站在楼角,一副看我们又假装不看我们的样子。

那个晚上，王卫国出差给我们带的礼物，我和王红星看都不看放在一边。埋葬了小猫咪后，从我们进屋洗手开始，家里都没有人说话，只有妈妈从厨房脱下围裙出来后，一直在绘声绘色地讲：他们单位林秘书的女儿，马上就要办个人书法展了，人家才九岁，已经成为最小的书法家。说电视台一直要求采访教子有方的林秘书，林秘书说，都是靠孩子自觉，我们都忙得要死，哪里有空监督她练字，都是她自己，每天不临摹完那个兰亭什么的都不睡觉。美静说，关键是，书法成就这么了不得的小女孩子，读书成绩还保持班级前十名！要换我们家的孩子，唉唉，我说林秘书啊，你这是前世修来的福啊，我们是想也不要想……

其他人都沉默着。每次她说别人家的孩子，我都特别想杀掉她。这个安静，让我妈美静以为自己的讲述非常有吸引力，紧跟着，她一个人又轻声细语地讲了其他别人家的哥哥保送什么的大事迹。她愤恨地说，人家的爸爸妈妈还成天打麻将……

吃饭的时候，王红星好端端地几次眼眶含泪，他吃不下去。王卫国也不像以前那样目光威逼或重拍筷子：磨叽什么！大胃王的我，也破天荒地没有胃口，脑子时不时就出现那只小猫最后看我们一眼的灰色圆眼睛。我离桌的时候，还习惯性地用腿脚后碰推椅子，而不是规矩斯文地手拉椅背、侧身礼貌离去。这些违规行径，王卫国都没有怒斥。他只是冷冷看我一眼，但眼光才到一半，就转开了。

我觉得王卫国有点过意不去。

顺便说一下，那个晚上，在我们小房间，王红星破例喝了一盒牛奶，美静给的，还有一包花生夹心饼干。她怕他饿。我不知道王红星是不是故意的，那个晚上，他又尿床了。我醒来后，看到他站在床边发呆,背影非常瘦小绝望。我一下就明白了。我说,喂,他一回头,我就拿起我昨晚喝剩的大半杯水,一滴不剩地倒在了我的钢丝小床上。

王红星看得目瞪口呆,我们俩互相对望着。然后,我笑了,他呜呜哭了。我光脚过去,找他的手牵,他把我推开了。那次,王卫国如我预想,他没有揍儿子,他倒是对我困惑不解,他那个狐疑又不安的困惑表情,让我心花怒放。我觉得自己成功地教训了他:再来吧!你再来,我们就一起乱给你看!

从那一次起,我和王红星的苦难友谊开始生长。

四

王卫国要求我们写日记，可长可短，但每天必写。因为他相信写日记可以提高作文水平。我从一年级学拼音后就开始写。王卫国隔几天就会抽空批改我们的日记，端正我们的认识，点评我们的感受。他还会圈好词好句。为了更好地指点我，他自学了拼音，这对他后来用电脑，倒是打下了大好基础。

可惜，我和王红星的作文都非常糟。写日记、写作文，都是我们仇恨的事。但王卫国和美静万万没有想到——是我多嘴——王红星居然有作家梦。而且，王红星在背地里构思了很多小说。比如，他有个一点都不惊悚的鬼故事，说，每个人死了之后都会变成武林高手，这是全世界都知道的秘密，所以，活人都很害怕死人，给快死的人吃好吃的、说安慰话，给死掉的人穿新衣服、开追悼会、送花送钱，原谅生前所有罪恶，主要就是害怕。因为，人一死，就成了武功高强、除恶扬善的人，他们一念千里、水上漂、飞檐走壁、穿墙隐身，上天入地，无所不能。为什么鬼都基本不害人呢，王红星说，因为阎罗王是更高级的武林高手，靠光合作用吸收宇宙能量，法力无边、公平公正，鬼世界所有的违法犯罪活动，都会自动进入他的大脑，他的头脑就是一个超级电脑，他只要一眨眼——甚至不需要眨眼，只要他一瞥，违法犯罪就受到"光阻"，然后，就是严惩不贷。所以，鬼世界是"法制世界"，严格依法奖惩。但是，鬼一变成人，重新投胎一吃人饭，就又变坏了，武功尽失，心眼儿变坏。

我妈美静被这个鬼故事笑死。王卫国对王红星的"狗屁"想象力，进行了无情打击：就凭你这胡扯淡的东西，还想当作家？你给我把你的作文写到班上前二十名就好，中等就好！别让我每次开家长会，都被各科老师叫去谈话。数学垫底、语文垫底、英语垫底，我知道你从小脑子笨，我认！但日记！你从小写到大，作文怎么一次都成不了范文呢？你同桌的那个女孩子，都在晚报《星星点灯》上发表文章了，你呢，你看看你的作文：我爸爸接水的背影像小便一样！——老师念得家长们都笑起来了！我说你怎么就这么没有诗意？小便大便也写到《我的爸爸》里？合适吗？去年你日记里说"隔壁电视里传来小便一样的掌声"，我是不是当场就圈出来纠正你了？你倒好，不仅不改还写到作文里去了，这个脸丢到全班去了！老师说这是恶趣味——恶趣味你听得懂吗，你就真的这么不可救药吗？！我就不明白了，你王红星的猪头脑浆里，到底每天都在想什么？！给你爸爸一点面子好不好？！再这样，家长会你自己开去，就说父母没脸去，委托你代表去参加了！

王红星本来是很有画画天赋，还上过一个很贵的画画爱好班。那个老师是市书画协会的副主席的老婆，后来王红星画了一幅《死神的牙齿真漂亮》，惊吓到了父母、老师，惹得人神共愤，副主席家就不想要他了。王卫国和美静觉得他都让老师绝望了，也就不再花钱强迫他学下去了。好多年后，他无意中翻到自己的旧作《死神的牙齿真漂亮》，我惊呼起来，觉得王红星太棒了，那是我看过的最不吓人的"骷髅"，比各科老师都可爱，比王卫国、我妈美静更亲切有爱，还有自我消解权威感的幽默与包容，我敢拿手指抚摸死神洁白整齐的牙齿，我甚至想到洗澡时，整洁的浴室里飘荡着放飞的歌声。

王红星把所有的画笔都送给了我。但是，写作的梦想，他以奇怪的力量，坚持着。他几乎所向披靡，不受任何阻挠打击。他见缝插针地写他的各种奇思怪想。但是，他不给王卫国看，美静更不能看。我们俩心里都不把美静当一回事，虽然美静和王卫国一样，都不愿意当面赞美小孩，但偶尔的来自美静的赞美，在我们心里，最多只能算"二等奖"。我们最渴望的是来自王卫国的肯定。可是，王卫国那张嘴就像一张不吐象牙的狗嘴，你要撬开他的嘴，让他说一句表扬话，只有等他神经错乱。而只要他罕见地说一句"嗯，还凑合"，我和王红星就高兴得快要神经错乱了。记得王红星有一篇小文章叫《我是一个飞翔的植物》，他要我陪他直接送到晚报社去。那个《星星点灯》少儿版的编辑——也许是他的实习生，接过了文章，扫了一眼说，如果刊用，报社会给王红星六年级二班的老师联系。回去的时候，王红星非常兴奋，一直做着大力水手波比的造型，神气无比。但是，不知道为什么，那个文章好像一直没有刊登出来。我们怕是不是刊登过而我俩漏看了，就把我们家的报纸，包括我们去报社送稿的那一天的报纸，全部找出来，仔细查看了两个多月的晚报，连分类广告、讣告都仔细看了，都没有。那个事对王红星打击很大。有一天，我突然大声朗诵《我是一个飞翔的植物》的第一句：光合作用让我闪闪发亮，其他，我什么都不需要……

王红星看着我，一下子眼泪掉了下来，吓到我了。唉，说实话，不要说王卫国那样的冷血动物，我真的也很讨厌王红星的眼泪。小时候的王红星瘦瘦的，左右脸颊靠嘴边，各有一个鼓起的包，含着糖似的可爱，护得他的嘴柔软而肉嘟嘟，看上去不是随时想哭，就是随时等待挨骂，反正就是很欠抽的那种没神气的样子。实际上，他继承的美静的剑眉小方腮和王卫国的鼻眼，让他奇怪地秀气，开怀大笑的时候，那副内卷深深的嘴角，简直令人蓬荜生辉。不过，他很少笑。据说小时候，美静给他扎过辫子，额头点过口红，被当作印度女孩打扮过，因为单位里的同事、路人都以为王红星是个漂亮女孩，她就往极致里弄。直到王卫国怒不可遏，美静才改了这个恶癖。王红星这张脸到中学，尤其是高中，像我妈美静的下颌骨发育完全后，变得非常帅，一对青春剑眉，俊朗又干净，完全不亚于王卫国，但他显得温存柔顺，完全没有王卫国那般每个毛孔都散发着狠煞的霸气。

我就是我们家的丑丫头。大小眼、招风耳、扁鼻子，连嘴巴都像王卫国，卤豆干似的，暗沉发硬，笑起来满脸是牙。王红星说我的门牙可以做故宫大门，我的耳朵可以风力发电。而且，我还没道理地不长个儿。美静高挑，王卫国伟岸。我在乡下，本来外婆都说我是高小鬼，怎么进了城就忘记长个子了。所以，不论小学、初中，我基本上是班上矮而且不起眼的丑小鸭。我的身体，大概是快高中起，开始大幅拔节，小的那只眼睛终于完成发育，变成了和另一只一样的双眼皮，睫毛茁壮得都能打架；鼻子也很有觉悟地挺拔起来；那些又大又宽的牙齿们，和长大的头脸，不知不觉地完成了比较协调的配比。女大十八变，我不用变那么多次，基本上就被人们共识为女版王卫国，我就是王卫国的复制版。可是，再次让王卫国、我妈美静失望的是，我只是昙花一现，之后，浑身的肥肉很快就淹没了美态。我整个就是一个窝囊废，连王红星暗地里的梦想，我都没有一个。我的梦想就是混吃等死。

五

我外婆生前看到了我昙花一现的美貌。临终时,她留给我的是一张老泪纵横的脸和抓着我的、通了电似的、死不放松的枯槁之手。她对我极度失望。我知道外婆想说什么,想当年,一个五岁就骁勇善战的威猛女孩,怎么进了城就变得像过街老鼠。大四暑假,我们一家赶去小茶乡看望外婆,外婆髋骨骨折了。卧床的外婆无处可逃,接受了美静絮絮叨叨的、关于我的长篇系列报道:关键词是越变越窝囊!美静说啊,她在商场试鞋子,只要试着超过三双,她就不敢不买,怕店家生气;说这孩子固执地不学开车,因为怕万一开车和人刮擦,人家会撞死她,把卫国气得吐血;说让她点披萨外送,人家忘了烤鸡翅,她也不敢去投诉追要,说少吃一点正好减肥;美静还告状说,每次实习面试她都要我们大人陪,都陪到公司门口了,让她自己上楼,她却一个人在楼下绕了七八圈都不敢上去……

美静说着说着,说了很多很多我的窝囊事迹,基本把我外婆搞休克了。等美静说到,我和她在外面吃火锅,差点吃下一块用过的创可贴——就混在火锅的红油牛百叶里——外婆一下子挺身从病床上炸起。我们连忙把外婆按住，碎碎念的美静还在推波助澜：你看看，你看看吧，这就是你说三岁看到老的有出息的孩子！一个大学生，被人欺负到这个分儿上，还不敢去维权？！要是换着老妈你，不早就把那个火锅店掀翻了？！最后，还是我美静去找老板理论。妈你知道我从小就不爱跟人吵架，你都说我打死都没脾气，结果，唉，你看当时，连我都大发雷霆了，你这孙女却一直偷偷拉我衣服，说厨师是有刀的，妈妈，我们还是快走吧，反正又没有吃下去，多一事不如少一事……气得我回家告诉她老爸，卫国听得手一直在发抖，马上打了12315，她倒好，戴上耳机听歌去了……天啊，真是读书读傻了，这就是我们国家的教育！美静最后用王卫国的话总结。

  城里是有毒的！外婆气得哮喘起来，不知是进气困难还是出气困难，她的脸在奇怪地啸叫。好不容易平复后，她就在病榻上指挥，让美静通过谁再找谁，然后又怎么怎么地，好像是清明的茶梗、几月的单季稻秸烧成灰，还有什么腊月雪水、带土蝉蜕什么的，集纳起来……具体操作详情我不知道，反正是找一个非常神的半仙，做了一场关于我的秘密法事，以拯救我没出息的沦落灵魂。外婆坚信，我和王红星生来就不一样，在城里，把我天生的魂魄搞丢了，必须赶紧把它找回来。

  不管别人后面怎么贬损、怎么诋毁光辉老师，我都相信他的了不起。虽然，美静除外，我们一家对心理疗愈事业，基本无知无爱。积攒了点心理疗愈杂碎知识的美静，很想拯救我们的家——她希望除她（自评心理健康）之外，王红星、王红朵、王卫国，应该通通去咨询一个疗程。可惜无人采信。我虽不像王家父子那样对它嗤之以鼻，但我相信，光辉老师带着爱和梦想走进了我们家、滋养了我们家。美静第一次带光辉老师，去参观我们和光水库那栋两层半的小别墅时，我就对他有莫名好感。我不知道是因为他的能给人信赖感的胖和尚长相，还是我妈美静长时间碎碎念的功德积累，我一见如故地亲近他。他比我大十几岁，其貌不扬，胖胖的脸颊，有力却奇怪而又温柔的大下巴。还有一双比一般人浅的栗色眼睛，看起来机智又和煦。以人的整体感观而言，如果说王卫国是结实坚硬的金属感，光辉老师就像个天然大海绵，不不，比海绵更有接纳、护持的力量，有那种——和中降逆、举护万象的包容感。

那个被我和王红星称为宣木瓜别墅的房子，是一个搞乡镇企业的农民抵债给王卫国的，最早是个红砖壳子。当时和光水库距市中心比较偏远，私家车也少，别墅的品位很土气，王卫国并不想要。后来，城市扩大后，交通条件改善了，和光水库与和光山都成了闹中取静的城市后花园，于是，郊外踏青、一日游的市民多了起来。王卫国便断断续续整改装修了七八年。之所以耗时那么久，首先是我们家已经住在岱纹区二中附近的平层大四房，两孩子相继在读初高中，搬远不现实；其次是王卫国因为生意频繁外出，美静根本就不懂装修，审美品位又不被信任，王卫国不许她插手，装修便有一搭没一搭地进行，施工节奏完全凭王卫国的阶段性灵感和阶段性钱包大小。此外，王卫国还有不断修改装修方案的自负恶习，这也遭到了各路装修队的隐秘抵抗。所以，那个永远是半成品的别墅，成了我们一家四口节假日最乏善可陈的一日游目的地。那座小半山腰的农家院子里，一买来就种下的宣木瓜树苗，几年后，绕院茂盛，郁郁葱葱。每年三月到五月，满园叶未出、花先开的宣木瓜，盛开出一树树清香扑鼻的红花，花朵跳荡，围院蓬勃，成为别墅的真正主人。关于宣木瓜的异香，有一次，王卫国还趁兴说过一个段子，这个段子是清代汪昂《本草备要》里的故事，说有艘辽国船，因船员们喜爱宣木瓜的芳香，在金陵购几百颗置于舟中，不久全船人因解不出尿而难受，后来，清代名医郑奠一上船救急，郑闻到船上四面皆宣木瓜香，就明白了：搬去此物，溺即出矣。船员们遵从医生的话，将宣木瓜尽投江中，"溺皆如旧"。

直到第一次看到宣木瓜的累累果实，王卫国命令我们把地上所有的果实都捡起来，抬回家并放在王红星床下时，我们才知道，宣木瓜的功能，是针对王红星的。虽然，事实证明，这是误导人的狗屁偏方。但王卫国的初心，令王红星全面崩溃。

满床底明黄的宣木瓜！记得当时，王红星的脸，顿时煞白。那时候，王红星高二，我初三。其实，王红星六年级后，尤其是高中后，一年只有几次会尿床。但是，当他知道爸爸种满院子宣木瓜就是为了在他床下实施宣木瓜治疗计划的那个晚上，他尿床了。第二天一早，王红星就回了住宿学校。王红星的屋子里，因为满床底的黄澄澄的宣木瓜，弥漫着天上人间独有的清异香氛，它们就像看不见的透明舞带，在屋子里无声飘舞。舞带所至，香味就轻逸袭人，点染即散，然后，又是一阵。王红星再也不愿去宣木瓜别墅，哪怕美静用农家饭的红菇土鸡诱惑他。在那之后，王红星才告诉我，高中后他一直失眠，失眠的时候，一直想去厕所，那样也好，就没有小便拉在床上了。原来他是因为睡不着，才少了尿床的危险，我还以为是随年龄增长，他的脊柱隐裂改善了。看着王红星苍青的脸，我心底弥漫出深渊似的难受滋味。但隔年春天，我妈美静生日，王红星还是陪着爸妈去了那里。王卫国和美静在前排，我和王红星在后排。上车的时候，王卫国照例从驾驶座，向后伸过拉钩状的手，他要跟我拉钩。我假装没有看见。我已经仇恨宣木瓜别墅了。

我们一日游的汽车，远远地还未抵达水库，就能从写着"和光水库"大字的大坝，看到山坡上我们家的院子一角。竹林下，它处于比桃花烈艳的宣木瓜花包围中，火苗似的枝丫丛中，它就像烈焰飞腾中涅槃的房子。我忽然忍不住想哭。我妈美静在拍马屁似的嗷嗷抒情——像晚霞一样美啊卫国……

我真想把整个院子里所有的宣木瓜都连根挖掉。是的，全部！通通！整个院子！

王红星嘲弄地笑，用大拇指重重戳了一下自己的胸口说，这里面更多，它开得像分叉蛇芯子，你挖得掉吗？

光辉老师和我妈美静已成了莫逆之交。那时候，王卫国因为生意经常跑广东，有时也跑云南。王卫国本来就是个一丝不苟的强悍男人，多年的生意角逐，让他对世态人心有了更加洞若观火的自以为是。一开始，光辉老师并没有向我们家借钱，是我妈美静发现好友的窘迫后，主动出借，又建议王卫国帮他一把。那时候，光辉老师主要是因为参加昆明一个什么重要心理课程的费用而窘迫。王卫国不借：什么迷信活动，要那么贵！我妈美静不知道学舌谁的蹩脚比喻，说，跟炼丹一样的，投很多未必出得了丹，但是，不投入，肯定炼不成。

那找道家人借去。王卫国嗤之以鼻。

虽然时运不济，但光辉老师非常礼貌和自尊，他一直对我妈说，没关系没关系，家人和睦为重，请不要再惊动你先生了。美静就更感到光辉老师的正直人品。她偷偷出借了五万元私房钱给光辉老师，以应昆明课程之急。再后来，金融科班出身的光辉老师，遇上股市一个难得的抄底机会，再次急需一搏命运的大量资金，我妈美静和我，拿出十七万给他。光辉老师说我写个借条吧？弄得我妈美静和我，非常不好意思。我们拒绝了。光辉老师说，那这样吧，假如卫国先生不知道你们帮助我，请你们暂时不要告诉他，因为，做实体经济的人，不一定了解股市金融，但是，等我连本带息还款后，请一定要告诉他。前后情况都说清楚，千万别隐瞒。

我和美静说好。我一向守口如瓶，可是你知道的，美静的嘴，吃睡之外，每时每刻，总在莺啼燕啭地涓涓输出。果然，有一天，王卫国震惊了。起因是，她问丈夫，我们那个水库别墅，这么多年也没有人住，每次过去满地灰，站都站不了人。我想，可不可以借给楚老师他们用用？他们也只要用一楼和院子就行，楚老师说，那环境特别合适做高端心理咨询……

我一眼就看到王卫国目光阴沉。王卫国说，怎么个借法？但美静看不到，她依然春风满面：我正好也退休没事，楚老师说，别墅租金也可以算我们家投资入股，包括我们上次借他的二十二万都可以算进去……还……

王卫国的震怒，简直就是天崩地裂。我第一次看到他一把提住美静的衣领，美静居然还迟钝地撒娇说，我感兴趣呀，做点事不好吗？就算是公益也……王卫国一把把她掼在沙发上，就像甩下一袋土豆。王卫国第一次对他的百依百顺的温柔女人动粗。沙发上，我妈美静这才有了正确反应：脸色霎时雪白，但语气还是柔美缓慢，你干吗呀卫国！王卫国下巴哆嗦，口唇紫绀，但是，已经晚了。美静同时告诉他，红朵好像和楚老师恋爱了。

美静就是这样的人，特别善于转移压力。但这次，我支持她转移。

六

美静第一次见到那个叫楚天骄的女孩,说当时她七八岁。从他们健康工作坊活动带回来的合影照片上看,小女孩干瘦黑,小木乃伊似的,但一双快竖起来的吊尾梢大眼睛,却狠狠夺目,它们看起来谁也不怕,对谁也不满。美静说,这小孩,脾气非常坏,要换你爸,早就被活活打死了。听到涉及自己,王卫国也拿过照片,看了一眼,说,欠抽。美静似乎想趁机给我们上心理成长课。作为二道贩子,她的故事和光辉老师的奇怪反应,还是吸引了我们。她说,那天小女孩急着去参加一个陶瓷坊手工活动,她同学已经出发了。光辉老师答应,和道友们吃了素食快餐就去。可能是小女孩讨厌吃素食,也许是恨那些参加活动的人一直聊着天不散伙。女孩的情绪爆发,把一个阿姨帮她拿的一杯仙草冻,直接倒在了桌子上,而且还不解气地用餐盘使劲拍打桌上流淌的仙草冻汤汁,人们慌忙离桌,逃避拍溅。光辉老师连忙制止,小女孩对父亲扬手就是一巴掌。美静说,太吓人了,满堂皆惊啊,那个三四十人的素食堂,没有一个人动,都看着他们父女。小女孩也呆怔了,蛮横愤怒的眼睛里有一点畏惧。她父亲拿起了纸巾，轻轻为她擦脸。

那个时候，全世界只剩下了那父女对话的唯一声音：

光辉老师说，你只是想告诉我，你很想去陶瓷作坊，对吗？

小女孩点头。

做父亲的说：可是爸爸一直和大人说话，你担心我忘记了这件事，对吗？

小女孩点头。

光辉老师抚摸了她的脑袋，说，所以，你并不是讨厌大家而故意捣乱，你只是被你不好的情绪憋得很难受，对不对？

女孩点头，轻轻地哭出声来。

是啊，那个父亲说，你一个下午陪爸爸工作，已经很配合了。的确我应该先告诉你，我没有忘记我们的约定，我应该抓紧时间。

女孩栽进光辉老师的怀里。光辉老师搂着那个闯祸的野蛮孩子。

一会儿后，他对躲在他怀里的女孩说，你发脾气的原因我懂了，但是，这行为本身是不礼貌的，我感到很难堪。如果你现在也觉得不太好意思，可以跟爸爸、跟大家说点什么；如果现在还不想说，以后也可以，我会帮你转达。

小女孩在父亲怀里使劲摇头。

光辉老师一直触摸着小女孩的头发：没关系，你可以给自己时间，不着急……

美静沉浸在自己讲述的新世界里，王卫国的眼睛，有惊异，但更多的是目光炯炯，怒意就像准备出膛的子弹——到底她认错了没有？！

那天没有。美静说，楚老师不会逼迫孩子。

那时候，王红星好像刚进大学。我和王红星互相瞪着眼，都用眼角去看王卫国。即使我们俩不正面看他，王卫国也知道家里微妙的氛围。他咳嗽了一声，说，娇养儿女如喂狼！惯上天的东西不成材！

我和王红星又互瞟一眼，心照不宣：是的，那些不被惯上天的东西，更不成材！但奇怪的是，我和王红星的感受非常一致，我们都很想揍那个小女孩一顿。这么兽性，不揍能行吗？与此同时，我们又都认为，美静这样的故事，就应该多准备一点，狠狠地磨挫王卫国，让他反省，让他难堪，让他羞愧而亡。看看"别人的爸爸""别人的父亲"，别老跟我们说"别人的孩子"！光这么一想，我们就莫名解恨。我们开始用心险恶地挑起话头，一唱一和，启发、鼓励我妈美静，讲工作坊那边的各种温暖包容的亲子故事，只要能杀戮到王卫国，我们心里就红旗招展。有一天，美静建议他和光辉老师去聊一聊，王卫国怒不可遏：谁神经谁去！

三四年后，也许更久一点，在宣木瓜别墅，我第一次见到传说中的光辉老师，也第一次见到了楚天骄。一见之下，证明和强化了一个感觉：光辉老师的女儿有多讨厌，光辉老师就有多可亲。我恨不得替他揍他女儿。那天，我忘了我妈为什么拉我一起去宣木瓜别墅，也许大学暑假我无所事事，也许她想让我成为心理咨询的信徒。实际美静的车技相当不好，但她还是勇敢地开了王卫国停在家里的车去。我看到他们父女站在他们家小区门口，车一停，我就下车去恭迎，给他们父女拉后车门。楚天骄已是快有我一样高的少女，那双鬼见愁、忤逆十足的吊眼梢眼睛，识别度极高。美静在驾驶座上热烈招呼着大家上车。光辉老师像对大人一样，对女儿介绍说，我们谁谁谁。那个长着外星人般吊眼睛的青黄少女，不吱声。我在副驾座礼貌地回头看他们时，她狠狠地盯着我。我马上转回脸去。

参观别墅的时候，光辉老师和话痨的美静非常和谐，他们美好的一问一答，让我觉得这个别墅，真的是世外桃源、人间珍品。他女儿的沉默和我的无言，彼此也比较协调，唯一的区别是，我始终面带着主人家的礼貌与微笑，楚天骄有点游离。如果她父亲邀请她发表感受，她要么不耐烦地摇头，要么直接说，不知道！我没感觉！或者直接打断父亲的感言：那是你们大人觉得有意思！不是我。

一起吃农家菜的时候，美静殷勤地把刚上桌的鲜红小河虾，舀了一大勺放进楚天骄碗里，我看到光辉老师脸色一变，少女直接连饭带虾扣进了父亲的碗里，她父亲碗里的饭有八分满，根本承接不了她的倾倒，所以，她叠加的那些饭菜，明摆的就是借父亲的碗倒光。王卫国的血，在我血管里蹿跃，能一巴掌搞上去就太痛快淋漓了！光辉老师明显尴尬，但瞬间变得温和又平静。他笑了笑，说，阿姨不知道，你可以告诉阿姨的。没关系，有些人怕芫荽，有的人不吃姜，还有人受不了胡萝卜的味道，这些你都没有问题，你只是——光辉老师转向我们，笑道，凡是骨头在外面的东西，她和她妈妈一样，从小都不吃。

美静错愕，我也难以置信。他说，虾、蟹、鸡蛋、鸭蛋、鹌鹑蛋，各种蛋类……

我还是太想抽她了。我太想念王卫国了。等那个该死的丫头离开饭桌，光辉老师低声补充了歉意，他说，她从小就想和妈妈在一起，但是，在北京生活创业更难……这两年，她妈妈稳定一点,小家伙觉得自己可以去了。虽然她拿刀扎过她母亲的男友,她母亲和男友因为都是心理学专业背景,对小丫头还是持包容心态。去年暑假过去她发现她妈妈有了新孩子,她感觉自己被抛弃了,正好又赶上青春期逆反,她差点 —— 嗯,回头我再跟她慢慢聊,这个丫头天生不会表达,所以,心里更压抑……相信有一天,她会自己跟你们表达歉意的。实在很对不起。

她差点怎么了?我追问。

光辉老师显然不想展开话题,但他保持的微笑,散发着抚慰性的善意。他的眼光掠向远方水库,再看着我,依然没有回应我的追问,但他眼神里的友善与宽厚感,让我一下就感受到了我的执拗,被完全理解也同时被原谅了。在美静眼里,光辉老师的笑容苦涩博大,而我,眼眶没来由地隐约湿润,在他魔幻般宽广的目光与微笑里,我忽然感到,即使我杀了我父母,这个人也具有体察、理解到我最幽深、最阴暗情感的力量。但我被世界的善意纵容得恶向胆边生,还是想试探底线:她差点杀死她的小弟弟?!

美静嗔怒地打了我的肩头一下。随即,光辉老师把他的手掌,握护在了我肩头,在美静并不重的击打处。他说,我像你这么大的时候,肯定没有你现在这样的对世间复杂的情感、幽微的人性,没有你这般的洞察力和理解力。这是天生的。他说。你很棒,这样的敏锐与坚持,是一个优秀心理咨询师的天赋。

我多么希望那个厚大的巴掌,永远温暖地盾护在我的肩头。

这种无条件的接纳与包容,还是不是人间泥沙俱下的情感?只有神,才会这样对人充满千万年的耐心与爱护吧?没错,光辉老师就像天神一样的存在,在我生命的星空里,熠熠生辉。其实,我和他的见面次数并不多,因为我并不参加他们的社团活动,无论是否公益助人,包括去福利院陪老人、孤儿聊天什么的,我都讨厌。这一点,我和王卫国有共识,我就是瞧不起那些惺惺作态的多情脆弱之心。更重要的是,我就是排斥美静,她的偏心眼儿,她的愚蠢,她的天真糊涂,她从小到大助纣为虐的行为,都让我痛与恨。可以说,如果不是美静排斥性地流露:光辉老师是她的朋友,不是我的,如果不是她对友情独占性的可笑醋意,也许,还不会激发我那么强的占有欲。尽管,王卫国冷酷的金属感,已经有足够的力道把我推向光辉老师。但还是要说,我妈美静的小心眼儿,激发了我从来就没有被毁灭的逆反之心——你说不好,是吗?那么,我偏要——我要热烈地融化在光辉老师的宽广温柔的生命里。

七

你喜欢那个胖子？

我不吱声。

真喜欢那个华而不实的东西？

我低着脑袋。

不会吧？王卫国说，他的那个小孩，都快有你高了吧？

我依然沉默。

王卫国展示了反常的耐心。我还是不吭声。王卫国假装看报纸，以示他并不急火攻心。我也拿起一本漫画，散漫地翻着。其实，我们双方都知道，彼此都在那个"胖子"的角力场上。连美静都知道，她给王卫国送茶的时候，不仅闭嘴，而且手脚默契，轻拿轻放，充满着对那个看不见的"场"的尊重。

大学毕业后，王卫国和美静很快就为我的"社恐症"焦虑了。他们担心他们一死，我就会像无脊动物一样，马上被社会碾烂。所以，他们哄着我外出，巴望我多参加户外活动，多交朋友，连心理作坊的"迷信活动"，王卫国后来也鼓励我去了。我呢，总是装病装忙地避免，而一旦外出，我永远是男女莫辨、衣着邋遢、举止畏缩的样子。有人一跟我说话，我就像路边被脚踢到的蜗牛，赶紧缩回自己的身子不动。还有一次，企业家协会会长诸葛大林组织几家人一起郊游活动，开了一辆豪华大巴，五六家人去访问另一个富豪乡下的绿色种植基地，还参观一个大杨梅园。诸葛大林的房地产占据了省东南沿海的半壁江山，王卫国和他好像有些合作。他俩是几十年的铁哥们儿，但我看不懂他们的友谊。两人在一起，就像两块沉默的重金属，在我家也是常常少语相对，默默饮茶。甚至王卫国死后，有一次，大林伯伯路过和光水库，竟然让司机拐上山来，并在车里等他。他自己进屋来，和我们简单打了个招呼，就在王卫国的房间独坐了很久。后来我听我婆婆说，他在王卫国的按摩躺椅上像是午休一样睡着了。我知道大林伯伯喜欢我，那天出游，他一路暗示他的儿子女儿多照顾我，但整个行程，我能不下车就不下车，在整车人黄段子乱飞狂笑的时候，我在玩手机游戏。到杨梅园摘杨梅时，那些家庭的青春小男女，那些意气风发的富二代，在嬉戏欢闹中互助互乐，竞赛似的采摘了很多杨梅。我借上厕所撇开诸葛家哥姐，独自远离大家，最后，随便摘了篮底刚被铺满那么多的杨梅。王卫国后来走向我，随手把他的棒球帽扣在我头上——不知道是觉得我油腻的头发丢人现眼，还是怕我晒伤。两桌人吃饭的时候，那些青春少年，纷纷给大人敬酒，爸爸那个做保险柜的铁哥们儿，竟然和他女儿二重唱了一首蛮好听的情歌。只有我一言不发、自顾闷头吃喝。王卫国一直维持着满脸夸张的慈爱和表演性的耐心，他让我给长辈们敬一圈酒，我说我想上厕所，就溜走彻底不上桌了。再后来我听美静告诉王卫国，说，大林的儿子和女儿在背后说我心理不健康，是抑郁症病人。

几年后，他俩的生活重心，集中在我的相亲事宜上，为我制造了很多相亲机会。王卫国甚至亲自带我去港都名剪楼，找一个首席托尼做头发——美静气了一下：头发再美也改变不了人的死样怪气！而我，一如既往，继续大败所有相亲计划，不断加固了在那些媒人、大好适婚对象及其父母眼里的形象：呆板机械、举止僵硬、目光易惊、见识浅薄又古怪执拗。

平心而论，我也真的没有见到特别动心的男人，那些各方面条件优越的、一看到我自然萌生的鄙夷气场，立刻就激起我幸灾乐祸的毒辣满足；而那些贪慕钱财富贵、委曲求全的小伙子们，尽管靠甜言蜜语、小恩小惠降伏了耳软心纯的美静，但没有一个能躲避王卫国的火眼金睛。当然，我也有一双有毒的瞳孔。总之，年近三十岁的我，开始彻底让王卫国心慌。

客厅里，我和王卫国一人坐一边看报看漫画。场上的氛围越来越令人窒息。

王卫国终于放下报纸，直截了当，他说，我懂，你就是成心跟我逆反，你不是你妈说的那种情况，什么爱不爱的。我了解你的见识品位，你不可能爱那种人的：夸夸其谈，不务正业，还大你十几岁。你只是捣乱。我早就预想过，你会利用恋爱婚姻跟我捣乱的。

不，我说，我要嫁给他。我是认真的。

想嫁他？！为什么，来来来，你认真说，我也认真听你说。

不为什么，就是看了觉得喜欢。

喂，爸爸在严肃听你说话。认真点可以吗？王卫国甚至展出了金属笑意。

他让我基本停止了十几年来一直重复的噩梦。

什么？

经常做的那种梦：学校里空无一人，我一直找不到离开的校门，天越来越黑，每个空空的教室里，都有地面向上照的微光，就是没有一个人，就是找不到离开的校门……

这算什么噩梦！

你永远都不懂那种孤独和绝望感。

你是从什么时候开始做这个所谓的噩梦的？

从你们缝掉我所有衣服的所有口袋开始！

一下子场上静默得只听见风吹窗帘声。

这个不算噩梦吧。迷茫一点儿，谁都有过……

你们！你们永远不懂小孩子的绝望和孤独，还有恐惧。那时候我就理解了每一个自杀的小孩！他们就像是……替我去死——你们不会懂的，你们连孩子的噩梦都不懂……一直到光辉老师出现，那个痛苦的噩梦才彻底散去了。

什么？

说也是白说！

爸爸有时候很粗心，你说吧，我听。

其实很简单，就像喜欢一栋墙、一个软沙发、一张好床。他吸引我靠上去。只有看到它们，我才安神，我才知道自己多么需要，多么疲倦。

是嘛，那么，除外，你就找不到其他能靠的墙、床、沙发？

是，要不我怎么快三十岁了，还嫁不出去？

你妈她几个朋友给你介绍好几个相亲对象，条件都很不错，还有那个叫什么，就是那个很有前途的组织部的小伙子……你都看不上。

没感觉啊。看不上我的人不是更多？

我知道你在想什么。鬼都知道！这不是爱情。王卫国有点变脸了。

是爱情。是我的爱情。

你会后悔的。这不是爱情！人家在利用你。你绝对后悔。我王卫国阅人无数，作为你亲爸，我知道这事情不对头。那胖子不可靠。你妈妈跟他做学生、做朋友，打发时间，可以天真不问世事。你不可以。我们不能用一辈子的幸福去赌气。他缺钱，我可以尽力帮他，但我不允许他利用你们。

没人利用我。我知道，在你眼里，没有人会爱我本身。对我温暖爱护的人，都是另有企图。你是在告诉我，我一无是处。我就是垃圾，抑郁病鬼，我不可能引发真正的爱情。是啊，老爸，难怪，他拒绝了我。你说得对，他并不想娶你女儿，是我在倒追他！

这个对话达到了我的预期效果，王卫国脸色发绿，他捂着胸口，转过身去。他不想让我看到他被我打伤的样子，这个神经像钢筋铁骨一样的人，终于痛了。

八

其实，从乡下回归城里这个家，我对这个当爸爸的人，起初没什么意见，我还因为把他用过的大手帕，盖在鼻子上使劲吸闻，被王红星夸张嘲笑。它真的很好闻啊！我喜欢那个混着青竹皮和熟板栗的味道呀！我还觉得，这个不爱说话的人，非常厉害。家里谁找不到任何东西，只要问他，他一定定神，就能告诉你在哪儿；美静永远混沌，她大半辈子都在找她小半辈子随手乱放的东西；他要求我们从底部往上挤牙膏，美静和红星永远拦腰乱挤，牙膏盖乱丢（我从来会盖上，基本和他一样自下而上挤用，我甚至用月饼硬盒边，发明了牙膏推挤器。王卫国说，正经做点事，她这个小脑瓜也还行啊！）；王卫国还会写春联，会给我们全家人剪头发，包括他自己；他教我们怎么缝扣子比较牢固，而且，缝完必须在针头预留长线，因为下次使用时可能会有紧急情况；他还会修电视、修雨伞；一有客人，他就下厨做菜，做得非常好吃；他一丝不苟、锐不可当的控制欲，散发着令人生恨的奇怪魔力。尽管王红星对他十分抵制，但有一次，我们俩偷偷讨论：如果发生地震，爸爸先死还是妈妈先死更好，他竟然也和我一致：妈妈先死比较好。美静明显是偏爱儿子的，她儿子居然这样选择。王红星解释说，她太糊涂了，关键时候，又总是出卖我们，给坏人递刀子。如果爸爸先死，就没有人管我们的家，我们也会饿死。所以，除非我们长大了，能保护妈妈。

我当场反对：我才不保护她。他们两个，我谁都不保护！我只保护你。

平心而论，当年我绝对也是一个鬼见愁的孩子。一年级，我就领受了无数次王卫国插在画卷筒里那根"家法"的威力。但几次以后，我突然夺过王卫国手里的"家法"，冲进我和王红星的房间，把它扔下了楼。估计当时，我是被它抽得痛疯了。事情起因，是我们同院子有两个女生，和我同一个班，不知为什么，她们就爱欺负新生的我，一见我就嘲笑我是乡巴佬之类的。那天轮到我值日，我回到我们院子的时候，她们一起对我做了一个我最恨的蔑视动作：勾着脖子，一手的大拇指按住一个鼻孔，剩余四个指头做嫌臭似的扇风动作，舌头还像被辣到一样地快速伸缩，做出恶心要吐的样子。开始我不理睬，往家走。她们就一路跟着我，一个说：看她屁股后的水印，肯定也是尿床没干……她们哈哈大笑，可能担心我没有听清，又开始踢我提的值日小红桶。我突然转身扑过去，厮打离我近的那个。挣脱中，她书包掉了。我抡起她的书包，直接扔进了工地臭水沟。我们三个人打成一团，互相揪拧着头发，定在了一起。

大人好不容易扯开了我们。我头发凌乱，一边脸被拧得青紫。进门王红星看到我，笑了一下，又有点担心地过来拨开我头发想细看。我狠狠地推开他。进出忙碌的我妈美静没有发现，她在做饭。王卫国天黑了好久才进门，等他一进门我们就开饭。他落座后就盯着我的脸：怎么回事？我不吭气。嚯，美静幸灾乐祸的语气：又撒野打架了嘛！

王卫国说，行，你吃完饭跟我说清楚。没有等到吃完饭，我们家的门就被人敲响了。那个女孩的妈妈，带着那个鼻青脸肿的女孩，拎着湿漉漉的书包来告状了。她妈妈让王卫国和美静看清楚她女儿被我打"破相"的脸，然后，她高举书包，大声逼问：书包惹你了吗！一个新书包！崭新的书包！里面是新书、新本子！赔！你给我们赔！

那个妈妈狠狠推打了自己女儿一把，摔下书包就走。女儿大哭：王红朵先动手……

王卫国说，到底怎么回事？

我不吭气，继续扒饭。

书包又是怎么回事！王卫国一掌拍在饭桌上，几把汤匙都跳了起来。王红星在桌下动我，示意我认错，我使劲踩脚。王卫国站起来，他从餐椅上一把拖起我，一手抓起别人的湿书包，像老鹰抓小鸡一样，提着我出门。下楼上楼，他狠狠地把跌跌撞撞的我，一路拖到了那户人家门口。

门一开，当着那户人家所有人，王卫国劈手甩了我几个耳光，我眼冒金星，跌倒在地。他又开始踹我，吓得那女孩的父亲，连忙过来扶起我，直喊老王！老王！你要打死孩子啊……老王说，死了好！省心！

女孩的妈妈火气小了很多，她说，大家都说，是你小孩先动手……

王卫国掏出一张百元币，直接放书包上，然后，他一把拽过我，把我揪走。我一路被他揪提得磕磕碰碰，鞋子也掉了一只。

莫大的羞辱与仇恨，让怒火烧得我一直发颤。我死命挣脱他的手，如果那一下我挣脱成功，我绝对离家出走了。也许我一路拼死的挣扎，弄痛了王卫国，也许他心里有着小孩不懂的熊熊怒意。一进门，他抓起我妈美静手里的那条"家法"，又抽向我屁股。我是突然失控的，"家法"被我夺走。猝不及防的王卫国愣了一下，看着我奔向阳台，把它恶狠狠地扔了下去。

疯了这小孩？……美静叫唤，还不下去捡！

王卫国应该是怕我出走，他一把固定住我，一边叫美静去拿双氧水碘伏什么的，又看了王红星一眼。王红星懂了，立刻乖乖下楼捡"家法"去了。第二天，不只单位大院，是整个班的同学，都知道了我被爸爸提溜到同学家暴打的丑闻。我放学告诉王红星班上发生的事情时，哽咽得说不下去，我一句话都说不囫囵，嘴巴不受控制地扁扭着，眼泪直淌。王红星很诧异，说，嘿！嘿！我还以为你永远不会哭呢。

这个让我一想起就痛入骨髓的事，二十年后，王卫国完全否认。那时候，王红星已经下落不明，没有重要旁证了。幸好美静对此保持了一点轻描淡写的记忆，她说：有哦，好像是有这回事哦！那家小孩的父亲，还是你下海前的部下，我记得你带她去小朋友家道歉时，还赔了人家书包钱。我当时很生气地说那个书包，哪要那么贵……

王卫国说，我怎么都没有一点印象啊！不知道他是真的记忆不行了，还是羞于面对自己曾经的丑恶形象。他说，真记不得了，你小时候太调皮，坏人坏事一火车，得用电脑记，人脑哪里记得过来。

我记得住。我也忘记很多伤痛往事，但是，有些事，是刻进了我和王红星的生命年轮。我又说了一个他俩又一起否定的家暴往事。

那时候,应该是六年级了,我们家刚搬进二中附近的四房平层大屋。我和王红星各有一间房间。能有自己的房间,我和王红星都非常高兴,但是,王卫国预先通告:我和王红星的房间不能反锁,他在门锁上也做了处理,所以,我俩的房门从里面是反锁不了的。也就是说,爸爸妈妈随时可以进来检查。这是规定。

我和王红星都是最让父母沮丧的那种"我家的孩子","别人家的孩子"都在自觉读书写作业的时候,王红星在作业簿底下,偷偷写小说。大人一进来,他就用作业本覆盖掉;我呢,不是在折叠小星星,就是在偷偷看闲书、玩魔方之类的。有本叫《小王子》的书,我非常想要,他们硬是不给我买。王卫国说考双百就买。这显然是拒绝。后来,一个同学愿意借我一个晚上,我在房间里,争分夺秒,看得泪流满面,根本没有想到,王卫国就站在我身后。他每次进我们房间,都像侦探一样蹑手蹑脚。我本来比王红星善于防范,都怨《小王子》太引人入胜,我居然被王卫国偷袭成功。我的书被他一把抄起,王卫国一看是课外闲书,"嚓嚓嚓嚓"就几下子,《小王子》就在我的目瞪口呆中四分五裂。王红星后来说,我就像个疯子,扑向爸爸抢书。因为我矮,只能跳高死抢,老爸以更狂暴的动作,在头顶上把书撕得更碎。抢不到书的我,抓住王卫国的手就咬,他一把叉住了我的细脖子。

我凄厉尖叫——我借的!我同学的!

后来,我跪在地上拼接那本书。书都撕烂了,连那蓝色的封面都拼不齐。王红星说,人家肯定要你赔了。我没有钱,一点儿零花钱,我都拿去买折星星的彩纸了。王红星只有两块六角三

047

分。那一天中午,静悄悄的午休时间,我从美静的裤袋里成功偷出了五块钱,没想到里面还夹着一个硬币。我以为他们在午睡,我的手脚非常轻。那个夹在五块钱里的该死的硬币掉了出来,在木地板上,轻微地响了,然后滋滋溜地滚着。不能再捡了,我飞跑出门,但王卫国叫住了我。他居然醒着。

那一瞬间,天崩地裂,强烈的羞耻感压过了恐惧。我拼命地跑,往学校跑。我想那里比较安全。王卫国怒喝,我假装没有听见。我一路飞逃。我们家离实验小学也不远,但就在学校门口,他还是逮住了我。他拧住我的大耳朵劈头盖脸地抽,然后,又拧着我好拎的耳朵,狠狠地往家里拖。学校大门口,还有沿路的同学都在看。还有些小孩,在大叫我的名字。他们兴奋极了。是王红朵!王红朵!王红朵!

那一天,我觉得我快被打死了。王卫国把我的头往墙上撞。他喊,打死你!我也不活了!养一个小偷,不如趁早打死,为民除害!我拒绝说偷钱干什么。妈妈在一边就像足球解说员:……肯定不止一次干坏事了,好像我的零钱有少过……你看看、看看她不服气的样子……要不是当场抓住……从小偷针,长大偷金……

我为什么也讨厌美静,就是每次这个时候,她都是站在王卫国一边,从来不像别人家的妈妈,会保护孩子。也许她也害怕王卫国,所以就这样火上浇油地表明立场。也可能她就是这样表白对她丈夫的爱。

王卫国问我还有没有偷,我就不说。其实我还偷过硬币。是我把三角板撬断了,跟他们说,肯定又要挨骂,说我什么书不会读、整天搞坏东西之类的。因为我抵死不说我自己的钱不够,王卫国又提起我的头发撞墙。我妈美静这下子可能怕了，她死死拉住王卫国。王卫国挣开她喊——滚！我今天就打死她！我再自杀！大家都死！王卫国嘶吼着撞我的头。他完全疯了。背着书包，准备去上学的王红星一直站在门口，这时候，他过来像阻挡又像拥抱我，他初中生的细胳膊圈住了我，然后，他泪眼汪汪地怯懦地看着王卫国。他什么也不敢说。王卫国拧着眉头，他最烦儿子的眼泪。他一把推倒我俩，摔门进了自己房间。

那个晚上，王卫国命令我妈妈找出了我春夏秋冬所有衣服，把上面的所有口袋，全部缝死。电灯下，我看着我妈，把我的各种衣服拿出来，找口袋缝。外套、裤子、裙子、滑雪衫、毛衣，口袋全都缝死了。王卫国在旁边看报纸，有时，我妈妈还殷勤地请示他，这个线的颜色行不行？

王卫国说，行！赃物放不进去就行！

一直到小学毕业，我尽量不让同学们发现我没有口袋，有人发现了，大声问为什么，我要么转身走开，要么大声说，我讨厌口袋！有知情人会对惊奇者窃窃私语。我的脸就涨得通红。刻骨铭心的羞耻感，一直烧灼着我直到小学毕业。那些年，我丧失了所有朋友……每一天，我的手都没有地方放，我的东西……只能放书包里。我没有朋友。

现在，王卫国说，好像有那么回事，好像是缝了一件衣服口袋吧，没有全部。

九

　　命运的地图其实是有分岔路口的，只是没有路标，当时你看不远也看不清，也不知道你是否做了合适的选择。多年之后，我经常重新回到那个事后看起来无比重要的命运路口，我只能一次次看到自己孤独又茫然地站在那儿。如果我当时选对了，是不是现在，我身边还有其他亲人？我们一家，就像回炉班的春天，或者，就像我们彼此都通过了补考，我们合格了，有了及格的相处水准，能驾驭自己的情绪和亲情表达了。是吗，会不会？

　　但显然，命运的设定里，没有假如，没有如果。

　　小学毕业后，我明显不再惹是生非，我变得胆怯安静，温顺谨慎。大学毕业后，身体退却了青涩，走出去人模狗样，却难掩自卑。用我妈美静的话说：她跟人说话，都不敢直视别人的眼睛。痴迷于心理学天地的我妈美静，越来越建议我学习心理学，鼓励我走出去寻找心理援助。她说，楚老师的专业水平很强，但他跟我们家太熟了，不能受理我的咨询服务。但阿梨老师可以，她也经验丰富。而楚老师，也推荐阿梨。

　　我都拒绝了。我告诉光辉老师，我的生命质地弹性很好，给我时间，给我环境，我就能恢复我从天上带下来的所有勇气和自信。我根本不需要咨询。光辉老师承认，世上是有不少越挫越勇的灵魂，而美静叹息我的无知。她后来知道光辉老师带我去体验别人的阿卡西记录课，又去观摩一个师承海灵格的外教老师的家排课，就明显不高兴了。再后来，美静的旁敲侧击密集起来。她说，人是复杂的，理论和实际，有时是两回事，楚老师和他女儿的亲子关系其实很糟，他女儿就是对他失望，才跑到北京去投奔她妈妈的，后来在北京差点杀人；又说，楚老师原来在一个学校做心理辅导员时，因为经验和能力的问题，间接导致了一个学生跳楼，因为不称职被辞退后，还坚持追讨学校未付的两百块报酬；美静还说，不是你爸看不起他，楚老师的经济情况，真的没那么简单，而且，在生活作风方面，圈子里一直有人说，他比较随便。说有个女案主的丈夫，还带人上工作坊吵过，跟感情、跟钱都有关，天骄还曾把一碗鱼丸汤，倒在那名女案主脱在卧室外的短靴里，事情反正很复杂；楚老师呢，肯定不是个坏人，聪明好学，上进心强，本地华大的一些女生，一放假就来做心理志愿者，福利院的很多小孩也喜欢给他写信，这些都是他的吸引力，但过日子吧，红朵……

总归一句话：不要跟楚老师走得太近。我妈美静低估了我的逆反德性。她和王卫国迅速连接的统一战线，更助推着我的反叛力。他们在家里一唱一和的反楚宣传，我厌恶至极。那天，在光辉老师的一个拥抱里，我直接向他求婚：我们现在就去领证吧。

光辉老师笑着说，偷偷地结婚？

对，直接登记摊牌，如果他们敢反对，我只要一提王红星，他俩就知道，最后一个孩子也很容易消失。如果他们再顽固，我就净身出户、断绝家庭关系。我根本不需要他们！

厉害啊！那么，我们住哪儿好呢，光辉老师笑着说，我们可以把我十一平方米的卧室，布置成新房。这是我父亲去世后，母亲让给我的、我们家最大的房间。那两栋电线乱拉、歪歪扭扭的老区房子，外面就是市中心大菜场，常年臭水横流湿答答的，天不亮菜贩子们就人声鼎沸。每天傍晚，我妈还喜欢跟人家抢收市后摊主们卖不掉的烂菜，好像废弃菜垃圾池砌在我们家旁边，她就有优先挑选权，谁抢到更像样子的一捆青蒜啊两棵花菜啊，她就像别人动了她的奶酪。所以，她总是咒骂别人，心绪恶劣，有时会气恨一个晚上。

我知道光辉老师住在老市区，但这个环境还是有点超出我的想象。光辉老师这么直言不讳，完全不怕我生起轻蔑心，这种坦然笃定，反而令我诧异、心生敬意。我追问光辉老师，这是不是他一直拒绝带我去他家玩的原因。

是，我怕你下不了脚。他说，看看也许你还可以忍，但切实住进去生活，我想你不会习惯的。光辉老师说。虽然那里交通便捷，但是，住得人心烦。本来说是要拆迁，听说补偿方案也还不错，可以按人头分安置房，但三年多了，却一直没有推进。另外，我弟弟和弟媳离婚了，刑满出来他也会回来住的，想到他我头更大。可是，话说回来，我也知道，普通人家的日子，不就是这样一地鸡毛、烦恼琐碎潮湿吗——但你不一样啊！你们是什么家庭，落差太大了。

可你总是白西裤，做讲座有时还一身白，我还真不能想象……你从那里走出来。

那句话记得吗？我们没有能力给糟糕的路面通通铺上牛皮，但我们可以选择穿上皮鞋。

光辉老师是逆境强者。我又说，在工程厂，你不是分过小户房改房吗？

那个一房一厅啊，早出租了，租期未满。现在都是打工人家租住在那儿了，半夜猜拳啊，打架啊，唱歌啊，非常吵也非常乱。老工程厂的人，早都搬光了。

我彻底傻眼了。

光辉老师轻柔地抚摸着我。他说，华侨别墅顶层天台上的"三角梅心理工作坊"，房东要我们搬迁了，马上就面临找房子的问题。目前呢，工作坊还没有上轨道，我收入不稳定，你三四千块的月薪，能撑起一个家吗？如果我们再去租房子住，可能连房租都付不起。在光辉老师宽厚的笑容里，我都不好意思承认，艰苦的日子原来这么具体、这么尖刻，但我又想，精神上的自由自在，不是比柴米油盐更重要吗？

光辉老师看出了我的疑惑，但他没有说什么。他轻轻弹着我的马尾辫，一直微微笑着，那种无声而无边的接纳感，那种因为呵护而愿意承担、疼惜包容的笑意，像深山温泉一样宁静氤氲，这是我父母一辈子都不会出现的暖调情状。是的，我们很难，婚姻路途艰险，但是，一下一下轻弹我的发梢的光辉老师，却透着稳如磐石的自信，散发着犹如临刑前的沉稳与放达，他比我更清楚我们的艰难，但他泰然处之，这对我展现出致命的魔幻魅力。真是众里寻他千百度的珍贵啊！

他抚摸了我的头发很久，他说，不管你怎么想，我必须给你一个好生活。因为爱，首先是意味着责任。我自己从小吃苦吃惯了，也没有多大物质层面的追求，但爱一个人，就要尽量让你爱的人不吃苦。这也是一个男人的基本责任——要不，这样好不好，你给自己再多一点思考的时间，我不着急，我等着你，你来决定。如果你确定能吃苦,甚至愿意飞蛾扑火,那么,我就去你家提亲。偷偷结婚,我不支持,那和趁火打劫差不多。我们至少要让自己的爱人得到父母的真心祝福——这你懂得的:爱的序列必须尊重。僭越,是不幸的源头。对不对?

在那时的我看来,光辉老师因为爱的逆水行舟,充满了自我牺牲的悲壮与忍耐,也充满知难而上的坚忍与勇敢。他不只护佑我,还努力护佑着王卫国的一整个家。他爱惜我们每一个人,爱惜他未必能进入的家庭。他说,当父母年纪越来越大、身体越来越差的时候,就是他们越来越在乎子女脸色的人生脆弱期。粗线条的家庭代际关系往往是互相隔离、误解,强势的不由自主地伤害弱势的。这很残酷但也是很寻常的家庭模式。有多少人持有对这种生命状态的自觉与警醒呢?只有始终保持自我省察,才能自主跳出这个互相伤害的链条。但,这真的很难。

光辉老师说,王红星走了,爸爸妈妈正在老去,最终,我们是要承担起家的重担的,不论父辈的事业还是家庭生活。我们都已经过了那种少年意气、剑走偏锋的年龄,对吧,一言不合就净身出户,那不是积极人生,我们不能那么孩子气,对不对?简单粗暴地回应生活难题,那是弱智反应。我呢,会一直在你身边。别走极端好吗,别让父母心碎。没有过不去的坎,只要我们做好准备,心里越有数,就越容易主控命运。

回溯那些日子,光辉老师不动声色地做了许多"修复性"工作,我成了童年往昔的审判者,也许也是一个自我省察的开始。没想到他居然存储了王卫国那么多父爱往事。还记得吧,他说,有一次,你告诉我,王卫国特别会嗑瓜子——尤其是外婆家的那种炒香的小西瓜子。你说他一嗑,不用手,就能壳肉分离,而你总是连壳带肉地一起嚼。王卫国怕你不消化，就帮你嗑瓜子，一粒粒嗑了，再用手剥，然后用小碟盛好，放在你写字桌边，你一把就全部倒进嘴里，咬得一个房间都是瓜子香味。还记得吗？

我当然记得，因为他痛恨我不正确的粗鲁吃法！

OK。是规矩不是爱，对吧？好，你二年级的六一节，有一个什么献礼活动，你妈妈怎么也扎不好新疆小辫子，老师要求是编四股的，你妈妈快急哭了，你爸爸就中断会议，赶了回来帮你编四股小辫子。对不对，你觉得也很自然很应该是吧？现在，你长大了，设想你自己——在一个重要会议上，甚至只是一个重要约会——你会中断它去帮助你的孩子吗？你肯吗？

我当时诉说往事时，是嘲笑我妈美静的笨。现在想起来她急哭的脸，依然好笑。但现在，我的笑，是认账也是真实情绪的封闭，我不想去判断我是否做得到。光辉老师点点头，继续说，还有一次，你说你们怎么一个个戒烟那么难，王卫国想戒，两三天就搞定了。那时我们刚认识不久，就在你家宣木瓜别墅的大坝上，记得吧，我当时听了就告诉你，你父亲很不简单，他是为了孩子，才有那么大毅力戒的。那时候，你二年级吧，是个暑天，你们班上同学在发水痘，你也被传染了。因为痒，因为高烧，你父亲通宵守在你床前，随时控制你抓痒烦躁的手，怕你抓破了，感染留疤。医生反对风扇，他就整夜为你轻摇芭蕉扇；医生说家里要保持自然通风，不要抽烟，你父亲就不抽。二十年烟瘾，就因为你的小水痘，说戒就戒了。

那个阶段他生意受挫，我妈单位发不出工资，他也是抽不起了！

是吗？穷得烟都抽不起了吗？你觉得他是个暴君，你知不知

055

道，没有法律规定，要求一个父亲做这么多，也没有什么动物性本能，让他做这么多。

还有，你说你第一次爬上你们家新车，就看到你爸爸从驾驶座的侧壁，向后伸过来左手，你以为他在找什么新车机关，当看清他不断弯曲的小指头，你就想：刚揍了我他想示好了；可是，之后，只要你们同车，每一次他都会在启动前，伸过拉钩的手。有时你假装没看到，有时，你随手用伞把子刮一刮，用矿泉水瓶碰一碰，有时你塞一个纸星星在他手心里。你从来不问，也从来没有认真地和他拉过一次钩。

我问过的，他神经病不说！

你知道吗，在我一个外人听来，这小游戏是某种仪式，是一个父亲自己设定的仪式，谜底肯定是某种牵绊，涉及爱与祝福。他很爱你。

我"呸"了一声。"他很爱你"让我感到恶心。我说，别再给我说这些字眼。光辉老师，你所说的好人好事，不过是我所有黑暗过往的冰山一角。你自己都没意识到，你这么为他说话，是拍他马屁，潜意识里，是怕他不同意嫁女儿罢了。可惜王卫国听不到。我可告诉你，王卫国宁愿让我净身出户，也不会妥协，就像对我哥哥，他绝不允许我们反对他的意志的。他是宁折不弯的恶霸。他说了算。他不会让我嫁给他不认可的人。他会让我滚。你就等着碰壁吧光辉老师。也许王卫国以为我会跪求他，但我偏不，绝不！他的家产，我和我哥本来就视如大粪。我知道他，他也知道我知道他，他是个永不屈服、永不道歉的人。而我，也正是！我也——宁折不弯！

夏虫不可语冰哦！光辉老师亲吻我额头。

十

记得曾有一天,光辉老师的助手家里有事,我得以假冒助手,参与了受理面谈(intake interview)。光辉老师先是反对,后来也享受我情窦初开的执拗。好吧,他说,正式咨询就不参与。那时候,我在单位备受欺负,也许火锅创可贴事件,深度刺激了王卫国。他开始逐步退出云南那边的项目,好拯救我下水道一样的黑暗人生。他也鼓励我多接触社会。

一个爆炸头的高个女人,进了面谈室。她的目光,狐疑中透着优越的审视。我给她端了一纸杯水,她打量了我一眼。我回到座位后,她分两次,将水一饮而尽。光辉老师亲自起身,又给她接了一杯。

高个女人说:你结婚了吧。光辉老师笑眯眯地点头,说,我女儿读初中了。高个子女人说,关系怎样?我是说,你们的——亲子关系。光辉老师依然和颜悦色,当然,他说,我们父女沟通很不错。您是不是担心我没有亲子经验,无法应对您的求助?

女人闭了一下眼皮,鼓起的眼皮上,有着涂抹不匀的珠光色偏蓝眼影。我觉得不好看,也觉得她很傲慢。光辉老师说,如果不算兼职的三四年，我已有五年半的专职心理咨询经验，个案中有半数涉及亲子关系，您看，您觉得可以信任我吗？

我倒是可以信任你。但是，我先生，还有那个破孩子，他们觉得心理咨询都是……狗屁。她可能在选择更礼貌的表达，最后，以一个无可劝导的手势了结。光辉老师胖胖的脸，透出的善意很动人。他说，您的意思是——您其实是想让丈夫和孩子来接受咨询？

对，因为我没问题。但他俩，问题很严重。我在杂志上，看了不少这方面的知识。我还做SCL-90量表自测，结论是心理非常健康。我今天来的意思是，楚老师，可不可以这样，假装你是我的朋友，在餐厅碰上，你跟我先生谈一谈？他一喝酒，什么都说，掏心掏肺的……

哦，不行，这是违规的。咨询必须在咨询室完成。

不不，你误会了，我一样付你钱！一样按小时收费好了。

这不是钱的问题。心理咨询的原则，首先是"自愿原则"，如果你先生、你孩子不接受咨询，那就无法进行。

那怎么办？他和他儿子真的有问题！

光辉老师说，心理咨询还有另一个原则：谁烦恼，谁求助。谁感觉到烦恼痛苦，谁想要改变现状，谁就来做咨询。

高个子女人说，我是烦恼，我痛苦得不得了。可是，问题出在他们那儿啊！

光辉老师还是笑眯眯的，他说，亲密关系中所有的问题都不会是一个人的过错哦！每个人都有需要自己承担的责任，谁痛苦，谁咨询；谁想改变，谁咨询。

这个女人我觉得是被光辉老师的疏而不漏的气场镇住了。看得出她非常纠结，最终，在眼泪和鼻涕的宣泄中，我被带进了她的痛苦旋涡中。

就像时光倒流，我听到的就像我和王红星的童年往事。那个男孩比我和王红星更野。只要成绩考不好，他就满大街找大人，求他们代替他的爸爸妈妈签字。他说爸妈在外地出差啊，住院病危呀，在监狱里关押啊，他真的获得了大街上好多"爸爸妈妈"的帮助，直到他求助到班主任的父亲那里。那退休老校长寄了挂号信，刚刚走出邮局。案发后，班主任就带着多份伪签名考卷来家访了。老师一走，男孩就被气疯的老爸吊打，并罚跪了一个晚上。半夜里，妈妈起来一看，考卷在地，男孩已经离家而去。第四天，家长到处找，打了110。再后来，他自己回来了，大吃了一顿后，恢复上学了。只是拿不出手的考卷，干脆自己签。直到再次案发，父亲随手操起工地上的钢筋条，猛抽。男孩的脚踝裂了，肿了两个月，瘸着走。男孩的脚基本痊愈后，再次离家出走。一名教育咨询专家指导他们说，不要急着找男孩，让他在外面再吃点苦。一周后的一个晚上，男孩敲打门。父母听从专家电话指导，拒不开门，"再挫一下他的态度"。男孩喊，行，你们等着后悔吧。他走了。两个多月不见影踪，再然后，他交了一个男朋友，开始戴一边耳环，并宣称自己是同性恋……

也许就是这个咨询案，让我见证了光辉老师的专业魅力。他不仅能够挡住黑暗，还散发出温暖与护持的有力光芒，可惜我和王红星，都没有楚天骄会投胎，从未品尝"暖光模式"的亲子关系。那个夏天的雨夜，应该是王红星小学要毕业的那次。他的成绩通知单很烂，隔了一天，我的成绩通知单也很糟。这个成绩单，肯定会让我们过不好暑假的。所以，我就带王红星去找校门口的文具店老板娘。我们合资给了老板娘三块七,她给我们每人一张一模一样的成绩通知单,都填上了中等偏上的成绩,附加大好评语与老师签名。可能王红星的成绩,太令美静意外了,她喜滋滋地打电话给老师,表达感谢之情。结果,老师说没有啊,他只有语文高分,数学、英语也只有六七十分啊!后来,王红星就供出了我。我只记得我当时在客厅,反跨在椅子上看动画片,一边吃着一袋m&m巧克力豆。王卫国进来,我还没有看到他的铸铁黑脸,就感到身体一歪。他一个大脚,踢翻了椅子,我连人带椅子,倒在地上,牙齿磕在茶几的钢脚上,左边的门牙,断了一小半。直入肺腑的痛,让我一时哭不出来,紧跟着,王卫国一把提起我,那根"家法"已经在我的大腿屁股上呼呼直响。

好哇!很好!一下子两个诈骗犯!供你们吃好、穿好、用好,你们就用弄虚作假回报我!撒谎!诈骗!是不是!是不是!是不是!每一个"是不是"都是疯狂抽打的节奏,用王红星的话说,叫"劳工号子"。

最后,王卫国要我们滚。——讨饭去!滚!别读了!再读,最后也是讨饭捡垃圾!为了表示坚决意志,他推扯我们出门,还扔出了我们平时吃饭的各自的不锈钢饭碗。

如果不是王红星拽着我,我就离家出走了。我是不怕雨的。我恨这个家,垃圾就垃圾吧,我去垃圾堆过也比在这个家强!我决定先去看看我外婆,然后拿点钱,我就浪迹天涯去。王红星也很喜欢"浪迹天涯"这个词,也许所有的叛逆孩子,都喜欢这个词。我们看不到浪迹天涯后面的凄风苦雨,脑子里只有自由的天风海浪,不会冷也不会饿。王红星比我胆小,但比我成熟点。他说,外婆不会让我们流浪的,现在,我们也没有钱坐中巴去小茶乡，我们也住不起旅店。如果万一，碰到丐帮，我们就完蛋了，他们就会把我们的手脚打断，用毒药让我们变成哑巴，然后，扔到热闹的大街上去讨钱，讨不来就打……

王红星那时候还没有更多的想象力，比如，我们会不会结交一个年龄大我们很多的异性或同性朋友，坑蒙拐骗在大街上浪，对，耳朵上也要打孔戴耳环，或者盗窃、抢劫、卖淫、吸毒什么的。

高个子女人最终为自己买了一个五次疗程的咨询。咨询诊疗我不能参加，但是，在疗程中，我问过光辉老师，面对这样伪造家长签名的孩子，父母正确的做法是什么。光辉老师说，首先应当了解孩子这么做的原因，是不是父母要求过高，孩子做不到又不愿父母生气，才做出了造假行为。其次，孩子的问题，其实折射的都是父母的问题。如果父母对成绩平静对待，孩子才有可能坦然面对。还有很重要的一点是，太多的父母，情绪一上来，就给孩子乱贴标签，如"笨猪""蠢货""撒谎成性""道德品质有问题"，这些对孩子会构成大的心理伤害。

我和王红星被赶出家门的那个晚上，雨一直没有停。我们像淋湿了脑袋的夜鸟一样，缩在大院门口的邮局报刊亭边避雨。我妈美静过来的时候，王红星一下子抓了我肩膀一下，他兴奋的指头感染了我，我也和王红星一样，以为她是代表爸爸接我们回家的。这样的雨天，小学生还是想回家的。但是，没有。她给了王红星一把长柄黑雨伞，说，不要淋着了。再等你爸爸消消气。谁叫你们当诈骗犯！公安局都可以抓你们去关了。

我妈美静就走了。我和王红星互相瞪着眼睛。最后，王红星沮丧地说，我觉得妈妈更爱我们一点。我说，屁了，她只爱你。

061

王红星说，那爸爸更爱你一点。我说，也是屁！雨一停，我就浪迹天涯去！后来，我们没有浪迹天涯，只是去欣欣面包店旁边的破录像厅，看了一个不知道片名的武打片。回家的路上，雨停了，风也停了。街上没什么人，路灯暗淡，满大街黑色的雨水在地面洼地、在落叶上，反着暗亮的光。看着两边一栋栋一排排别人家里渐次熄灭的灯光，我鼻子有点发酸，因为我不知道是不是该出发去浪迹天涯了。我去抓王红星的手，他马上也回握我的手。我们没有说话，手牵手地慢吞吞转向我们家的路口。到路口，王红星先收脚站住，我也站住：我们都看到了，深夜空旷的街头，一个很像王卫国的高大男人，站在我们之前站的那个邮筒边的报刊栏那里。

王卫国冷冰冰地向我们走来，走到我们身边，他冷冰冰地推了我们后背一把。我们顺势快步地往家里走去。王卫国没有说话，我和王红星也不敢说话，但我们再次用力握手。我们在忐忑中传递着一丝松弛感。

三人在无声地走着。一进家门，美静的声音如春风拂面，尽管她说的是，小骗子都回来啦！洗手洗手。我和王红星坐在餐桌上吃着烫嘴的生姜酒酿鸡蛋。美静说，是爸爸交代准备的。我和王红星互相看了一眼，眼神很暖。王卫国在冲澡。但是，打那以后的每一个夏天的雨夜，我都会想起那个黑色的晚上。我们从来都不知道那个破录像厅放的武打片片名；而王红星说，一看到香港武打片的任何海报，他就会想起那个夜晚里绝望的感觉，依然觉得有老虎钳一样的东西，紧紧地钳扭他的心肺。

我不记得我有没有跟光辉老师说过童年的那个晚上。光辉老师在高个子女人五次咨询的疗程结束后，回应过我的好奇心，他说，把孩子赶出家门，对孩子的伤害有三：一是让他失去了安全感；二是让他失去了归属感；三是让他失去了尊严。他说，人生存的三大基本要素都被做父母的破坏了。所以，被驱赶的孩子回家后，父母最好能给孩子一个拥抱，并道歉。

　　这太狗屁了。我保证高个子女人夫妇做不到。当年，王卫国一言不发，给了我们一人一碗生姜酒酿鸡蛋，已经是神话了。这些可恶的父母们，永远想不到，被赶出门的孩子，有多么害怕，被指为可以去坐牢的小孩，在黑暗街头又是多么绝望；而我和王红星，从来也没有想象过得到一个超越生姜酒酿鸡蛋的拥抱——光辉老师你不懂国情，来自中国父母的道歉，比接收到外星人的致意还渺茫。

十一

　　一开始我可能不知道我的爱情，蛰伏着反拨与起义的芒刺。是的，我只是知道，光辉老师是我需要的靠山。我相信，爱情会补偿我进入人间光明地。我觉得王红星如果在，也会支持我的求婚。他肯定比一般人懂我，他懂得这种发端于童年的、源远流长的反动意义。就像严冬的冰块，嚼碎它，咀嚼它的痛与刺骨，就是品尝痛快的勇敢与痛快的自由。

　　说下王红星吧。大概在我们入住宣木瓜别墅的一年半前，他失踪了。他只是知道我对光辉老师"暗香浮动"，还没等到我向光辉老师求婚的那一茬儿，他就不见了。

　　高三的时候，他一直咳嗽。尿床少了，但他老咳嗽。他和王卫国说话的时候，咳嗽成为一种战术，它看起来在延缓、在招架、在逃避，还有点寻求同情与佑护的小意思，但是，在王卫国眼里，这正是不自量力的虚弱。王卫国一辈子血气方刚，永远是这个城市最早穿短袖的人，就是那种让春捂的人瞠目的那种短袖党；而王红星永远是这个城市最早穿毛衣的人，还时不时打喷嚏，和父亲相反，他就是会让秋冻的人蔑视的肾虚畏寒族。

六月七日早晨，他不断咳嗽。他听了美静的话，吃了咳嗽糖浆之类的药物。王卫国大怒：你怎么和你妈一样蠢？！高考前一个月，王卫国就像怀孕的人一样，仇视所有的感冒药。他要求王红星马上催吐，催吐不成，就命令他喝一杯咖啡进考场。王红星一边咳嗽一边抵制。王卫国说，你需要的是振作精神！不是让人迷迷糊糊的镇咳糖浆！

王红星挣扎：我不想一直咳嗽影响别人考试……

够了！王卫国说，把咖啡喝掉！美静大气不敢出地溜进厨房，一直不出来。我都看得出王卫国的恼火已经隐忍到了极限。如果不是高考的大日子，王红星可能会被咖啡泼脸。王红星同学默默走进房间拿准考证；王卫国端起咖啡，大步地走了进去。

——喝掉！它能让你糊涂的脑子清醒！今天非同小可！

王红星声音不大，但很坚决：真的不想喝，爸爸，我怕在考场上厕所。

王卫国说，这是浓咖啡！不是水！王红星说：……液体，我都不想喝。

王卫国沉声：立刻喝掉！

王红星第一次大声拒绝：我不想上厕所嘛！没出息的王红星，被咳嗽又带出了哭声。

最厌恶儿子眼泪的王卫国，似乎有点儿心软，毕竟是高考第一天。他因为强制自己语气轻柔而声带发颤，但我仍然能感觉他不可更改的钢铁意志：喝掉！听我的！

王红星喝了咖啡。他是一路哭着进考场的。王红星考得一般，进了周末能回家的邻城一所华侨大学。王卫国说，要不是那杯咖啡，我看三本都没指望！王红星的大学专业也是王卫国

065

定的，工商管理什么的。王红星想读中文、新闻之类，王卫国通通打叉：人要有前瞻性，儿子，不要学那些没用的东西！王卫国本来是希望儿子考到本地名校，城市大学也行，这样就可以不住校。美静也说，毕竟身体不是很好，离家近，做什么都方便。王红星知道他俩说的"身体不是很好"，指的是尿床。他也很沮丧，现在比小时候好多了，有时半年才一次，但只要发生一次，他就需要非常长的时间，去恢复自尊心。这是他一个人的战斗，谁也帮不了。他跟我说，他非常想考到西北或东北去，越远越好。他可以在学校外面租房子住。遗憾的是，他没有考好，他没有力量跳出如来佛的掌心。事后，他坚持认为，如果我不喝那杯咖啡，肯定就不会紧张，一直担心小便急，那样，我的成绩就会比现在好。他问我相不相信，我说，绝对！

　　王红星的风筝线，很短，依然被擎在王卫国手里。王卫国要求王红星周末就回家，王红星基本做到了，但是，他回家也是躲在屋子里，拼命写小说。大学的王红星再次请求把他的房门加锁，我妈美静觉得可以，但推说爸爸回来处理比较好。最终，到王红星离去，他的房间依然不能反锁。父亲仍然像鸶鸟一样监护着儿子的领地。

　　王卫国偷看了王红星的小说——也不算偷看，他看了依然公开评论，只是不像在我们小时候的日记上圈好词好句。他就是忍不住要观察我们。看就看了，他还一有机会就过问：喂，儿子，你的小说有杂志要了吗？或者，你的《茑萝》怎么样了？王红星很讨厌别人看他的东西，尤其是小说又被退时，他就变得容易火冒三丈。小说屡投屡退，王红星陷入深度的自我怀疑。

　　就在王红星深度自我怀疑的那段日子里的一天，两个大学女同学跟着王红星一起坐大巴,过来买电脑。王卫国看她们礼貌清爽,就邀请她们和我们家人一起在商业城吃饭。王红星本来挺高兴的,但是,王卫国也许是喝多了,也许是想炫耀一下,他说,儿子,你那个小说,那个《莴萝》,怎么样了?王红星脸色一白,看得出他很想假装没有听到这句话,他摇了摇头,去给大家倒可乐。他不接这个话题,我妈美静说,我们王红星从小就是作文好——你干脆投北京的杂志去。

王卫国说,本省能发表就不错了,除非你按我说的修改一下。

王红星说,香蕉是不是树?他漫看大家一眼,我觉得他是在对王卫国发力。王卫国不动声色。一个同学笑道:香蕉树、面包树,都是树。王红星又说,竹子是不是草?我觉得王红星还在和王卫国暗中角力,这肯定和王卫国偷看的内容有关。两个女同学没有被王红星带偏,惊奇完香蕉不是树、竹子本是草,马上又回到小说话题。她们还是闹着要看王红星的小说。王红星说,别,没意思的,都是退稿。王卫国笑道,小说不怎样,但笔名倒让人过目难忘,叫阿敢心。

同学都觉得费解,王卫国蘸茶水,写"憨"给她们看。女同学欢叫起来。

王红星惨然一笑,我爸知道我名副其实。王卫国突然吟诵:

    我不怕死亡
    我只是……怕生
    我真的不怕死
    但我真的……怕生
    因为,我只比较熟悉人世……

从夸张的连声清嗓子开始,王卫国的朗诵语气非常小品化,但王红星诧异父亲过目不忘的记忆力在先,羞耻感反而是迟到的。王卫国说,小说嘛,吃饱撑的玩玩可以,别耽误正事。眼下,你们工商管理专业是最好的专业,大有前途啊,好好学!女同学们笑着,一起敬王叔叔酒。王卫国一饮而尽:你们看那些生意场上征战的企业家,谁有工夫看小说呀、诗呀,净是没用的东西。他举杯向儿子。

王红星不举杯,我就是无聊没用嘛……王红星语调进一步阴郁沮丧。

他的脸色,终于影响到了那两个不知我们家情况深浅的女同学。她们互相对望,表情有点像做错事的孩子,后来就不再欢声笑语了,越来越礼貌客气。王卫国也开始阴沉少语下来。那天的饭局不算不欢而散,但是,虎头蛇尾的微妙氛围是明摆的。

宣木瓜别墅

修复与重建

—— 家庭关系"生死局"

《窒息的家：宣木瓜别墅》

赠品手册

《窒息的家:宣木瓜别墅》新书对谈

粲然×须一瓜

粲然：屏幕前的朋友们，大家好。今天我将与作家须一瓜来聊一聊她的新书《窒息的家》。

须一瓜：大家好。

粲然：哎！瓜瓜，我刚才注意到你并没有转发这场直播到朋友圈。

须一瓜：你没教我。

粲然：我告诉你怎么转发啊，点开它，再点这里，就可以直接分享了。我觉得你没转发其实是一个非常正常的现象，所以刚才是你勇敢的一步吗？

须一瓜：谈不上勇敢。总是慢，对外界接受慢。

粲然：嗯，我知道。你说过刚刚才去参加了《我在岛屿读书》节目的录制，还有之前《一席》的演讲，这些事情你都要跨过很大的内心障碍。

须一瓜：确实是，尤其是《一席》的创伤太重了，我觉得我非常狼狈。

粲然：跟我们讲讲这个过程吧。

须一瓜：《一席》是他们的团队对我有些误会。因为电影《烈日灼心》传播比较广，所以他们看了我的小说《太阳黑子》后便认定我肯定也很会讲故事。然后他们的先头部队就过来找我商量，我直接告诉他们说我并不会讲故事。

粲然：你吓坏了。

须一瓜：对，我吓坏了，我觉得我更合适坐在幕后，一个人享受独立的空间，写自己想写的东西。**我正是因为不会讲故事，才选择了写小说的方式。**他们不信，觉得我是偷懒或推诿，便坚持不懈地来。某次吃饭聊天时，他们听了我讲述的一件事就觉得：哇，这个东西可以讲，你写一个5000字的稿子给我们看看，好不好？我听了觉得，哎，这个稿我会写。

粲然：是。

须一瓜：我就写了。写了以后他们说很好，我们就是要这样的故事。后来便是大家都知道的，我在镜头面前讲述了这个故事。

粲然：嗯。

须一瓜：我当时想不看稿讲完，可越这么想，大脑就越是空白。有一瞬间我真的就讲不下去了，讲不下去我就发呆，观众便都安静地看着我。我只好跟他们说，我讲不下去了，忘了我的稿子，我能不能偷看一下？接下来的场面我很感动，所有的观众都鼓掌，有人说看吧看吧，我这才看了稿子，继续往下说了。《一席》团队可能看到我那么狼狈，出于好心把那一段剪掉了。你们现在看到的是我貌似很完整的讲述。实际上，我知道我面对观众，面对镜头，是有"智力缺陷"，就是智力短板的。

很长时间我都不敢重新看。直到一两年后有一次坐动车出差，旅行时间比较长，有人发视频过来，刚好我也觉得寂寞，就把它打开了。那一刻，我突然原谅了我自己。虽然视频里的我依然手足无措，依然很难堪，但我接受了自己的弱点。

我这才知道我为什么更愿意写小说。**写小说是我自己跟世界的对话**，它非常地轻松，没有任何挂碍，只有你心里想奔赴的目标。至于其他场面，会让人害怕，也不愿重温。

《我在岛屿读书》这个节目我也考虑了很久，我觉得我做不好。最后我安慰自己，我之前接受记者采访时也说，因为他们评分太高了，需要有比较差劲的人来，让它止沸，可以让他们走得更远，是吧？这个世界就是这样。来一个笨一点、"瓜"一点的人，可以让节目走得更好，走得更远，所以我就过去了。这是一个自我克服的过程。

粲然：是的。我觉得直播是一个非常新奇的事情，但对文字工作者来说，这挑战就太大了。

须一瓜：对。

粲然：而且直播跟我们以前在现场跟读者的面对面也不一样。但是我想，哪怕你说你在很慢地走出，那也是走出了一步。

杜甫说，文章千古事，它源远流长。这确实是一种非常神秘的力量，你不知道你的什么东西会打动别人，然后他们会把它留到未来的时代。**对直播来说，它可能不是往时间的深处去，而是往人群的广度去**。它非常纪实，不会到未来，却会到陌生的人那里，再从陌生的人向更陌生的人那里，最后自己跑走了。

须一瓜：作家更在乎的是和一群人、一类人，甚至是与整个人类心灵的交流和对话。有很多作家讲，他们自己在创作作品时，有时并不考虑读者，而只是想他心中的目标。有了一个主题，有了一个对生活的积累和观察，他就会想整理自己对生活的思考。这个过程他是非常独立的，但并不孤独。**一个作品——我们把小说当作一个艺术品来处理，可能它最大的目标还是走向一种心灵的交流。**不管你在写作时有没有意识到，但只要作品独立出现，它还是有对象的。所以我们说，写作者不单单是在书写自己对生活的表达，他一定还要超越自己。

直播这种形式也是应运而生。现在的技术支持让它能以面而不是线的方式与大家去互动交流，在最短时间内一本书便遇到了和它有缘相遇并有共鸣的人。你说的这些我其实理解，只是我自己做不了它。

粲然：明白。它跟写作不一样，写作需要你把自己关在一个地方酝酿，去捕捉自己想说的话，可能是对某个人说，甚至有可能它不是某个人，就是一种模糊的东西。你一直倾诉，到后来发现原来你交谈的对象就是你自己。

我去做直播后觉得它确实与文字写作差异很大，这是两种魔法，但肯定有一些人要为这种文化去努力。这也是为什么我在直播间还是非常愿意谈书,而且也很愿意把你请到我们的直播间来。我想知道当两种魔法有了交集时,到底会产生怎样的结果。

《窒息的家》触及两个非常重要的话题,一个是亲子关系,一个是亲密关系。这本书的主角是一个叫王红朵的女孩。她曾经有一个非常完整的家,有爸爸、妈妈和哥哥。在她成长的过程中,她觉得自己受到了父母很深的伤害,所以长大后选择嫁给了一个比她年长20多岁的心理培训师来逃离家庭。

有很多人说,在红朵的身上找到了自己的影子,所以我想这本书里面一定有一个非常大的论题。我们首先要讨论的论题是"逃离父母的控制"。最近有很多人都在说"父母皆祸害",那我想听一听你对于亲子关系和代际差异的理解。

须一瓜:我觉得就婚姻来说,尤其是在你有家、有孩子的时候,它特别像驾驶汽车。1886年人类有了第一辆汽车,德国出的,我估计那时的车很多都是无证驾驶,我们不知道规矩,不知道边界,不知道乘客感受,车况可能也很糟糕。实际上,很多人的婚姻就是一个无证驾驶的状态。作为孩子,他进入一个家庭真的是要有点运气啊。不是说生在一个富贵家庭还是不富贵家庭这么简单,而是在于你的精神气质、个性是否能被你所进入的家庭理解、支持和包容,这真的是个需要撞大运的事。因为你的父母是"无证上岗"的人，在某些国家和地区，某些时段和年代，父母甚至会有集体性的茫然。

粲然：是。

须一瓜：在写这篇小说之前，我看过一些资料和文章。比如说德国，虽然很多获得过诺贝尔奖的人在那里出生，但是它的亲子关系和家庭教育，我说的那种相当于"无证上岗"的状态，其实很严重。有些父母是非常粗暴的，孩子可谓受尽了折磨。这个民族又很强大。后来它成为——可能是现在地球上唯一一个——把父母对孩子的教养义务列入宪法的国家。宪法是国家的根本大法，他们能把父母对孩子的教育列入宪法作为保障，说明眼光很长远。他们看到了孩子作为国家的未来，作为一个"人"的资源的宝贵。但这个国家在立法前，也就是二战前，却有一个教育的反复——那时他们给孩子立的规矩特别多，这个不许，那个不能。所以那一代孩子有特别多的自我约束和规矩意识，它形成了一种强权教育，并成为一个社会的主流。这个主流一直到20世纪70年代突然间进行了反转，又走向另一个极端。

粲然：特别地放松。

须一瓜：对，特别地放松。反转之前的孩子自我认同和价值感都很低，反转之后又进入了另一个极端，成了没有有错的孩子，只有有错的父母。当然这个反转也导致了整体性的后果，就是出现了一代特别没有规矩，甚至是没有边界感的孩子，他们全部以自我为中心。你看即使在这么优秀的民族里，还有这样的一个起伏，一个——

粲然：矫正。

须一瓜：对，矫正。所以我就觉得步履艰难。我们不断通过从这个极端到那个极端的矫正，寻找最好的关系模式，这里面有不同家庭、不同国度、不同民族的共同努力。但每次偏颇落实到具体的家庭上，又确实会痛。**不管是这个家庭的哪一位成员，只要你的爱还在心底，你对别人还有渴望，你一定非常痛。**尤其是中国有点特殊，有几代人是多子女的。

粲然：对。

须一瓜：我那时候住在单位大院里边，有的家庭小孩就有七个，普通的是三四个，都太普遍了。在这样家庭成长的孩子，又在特殊的年代里，物资是相对贫乏的。像我父母有时候晚上都要开会，对孩子，他们在时间上肯定是没那么多的。

我的父母也是多子女家庭里长大的，根本没有什么抚养子女的经验。我们家是粗糙到我姐姐得了肾炎,那时小小的她——才十多岁——我妈照样上班,我爸照样上班,她只能自己去医院挂号。医生看着孤单的孩子很担心,她得的肾病其实有很多医嘱和要求,但是她没办法,必须把这些注意事项认真听完后记住,回家再转述给父母。放在现在独生子女这一代完全是不可能的,就像很多医生接受采访时说的,一个小孩子生病了可能来四个大人,可能有更多的亲人,正在急急忙忙地赶来的路上。

粲然:是。医生好像面对了一个议会一样。

须一瓜:对,完全就是一个看病亲友团嘛。各个家庭之间差距也是很大的。以我自己的家庭来说,我能感受到父母他们对我哥哥姐姐那种非常宏观的爱。不像有些多子女家庭,父母可能对某个孩子有一些忽视或偏心。

一个人当了父母,他就承接了上一代或者更上一代人的家庭教养意识,除此之外,还有他的个人修为、意识、个性、气质,甚至自己的工作压力,这些都会搅在一起打包,形成一个亲子关系的大背景。这真的是很难说,这一代的孩子发出那么强烈的集体性呼喊,说"父母皆祸害",说明他们是有很多真切感受的,也许他们的父母真的不行。

我自己作为父母也很糟糕,不仅是无证驾驶,还是超车,可以说基本上是把汽车当飞机开。我有时反思,这一定给孩子带来了他承受不了的伤,因为他太小了。他在生理上和精神上,都是没办法与我抗衡的。所以这个书写到末尾,我更多的是想探寻到人心的后面,真相的底盘。

粲然:说得很好。

须一瓜:我能看到孩子对我的那种爱,虽然他也痛,但他爱。很多家庭的孩子,我也能看到孩子们对父母的痛,和他们对父母的爱。我希望亲子关系的双方,都能看到。看到才有自我解放的可能,才有自我超越的基础。

有一个很有意思的点,我有几个像你这样心理学学问比较深,也喜欢帮助别人的朋友。我当时求助于他们说我准备写一个有关心理师的文章,他们出于对自己行业的热爱和维护行业尊严的目的,听完以后都觉得不行,心理师是去帮助人的,你把他写成一个坏人,这让人情感上接受不了。比如老师群体,他们也许也不接受你把老师写成一个坏人或恋童癖之类。

粲然:明白。

须一瓜:警察也是。他就觉得,我身边警察朋友都这么好,你为什么把他写成一个杀人越货的坏蛋?职业的尊严和骄傲会让他下意识地维护。我就只能告诉他说,我用这种职业进行反面的设计,只是为了更好地抵达主题。

在小说世界里，我在选择最方便的路径达到彼岸，那个彼岸是——**有的时候家庭的确千疮百孔，但我们还是有追求"爱和理解"的能力**。对我自己来说，在最熟悉的小说创作手段中，职业的设计能够使我更便捷地达到"如何爱，如何理解，如何走过迷雾和荆棘，看到对方的温暖"这样的意蕴的曲折传达。

黎然：明白。家庭千疮百孔，但求爱和理解。这本书的主角一直觉得父母不够爱她，或者说爱她的方式是错的，所以她选择跟她们家的心理治疗师在一起。但这个行为不但没能让她走出原生家庭得到救赎，反而让自己陷入了更危险的境地。**我觉得她选择了用如此外力的方式，其实只是想告诉父母说我长大了，我有自己的想法了**。那个外力不一定是心理治疗师，他只是一个意象，一个使这个家变得更复杂、更丰富、更多元的意象而已。这也是这本小说的独特之处，那种力量感，我非常喜欢。沉浸在故事里你会惊心动魄，抽出后忽然间悲从中来。

这几年我们一直在跟踪各种家庭，发现其实很多人的家庭关系也像这本书一样，包括我的家。我车祸腿断了以后有很长时间不能出门，只能待在公司或家里。以前如果在家里待烦了，一转身我就可以离开，但那段时间我坐轮椅，去哪里都不方便。刚好又是冬天，疫情还比较严重，我就每天把轮椅推到餐桌那里坐下。因为餐桌一般是一个家的中心，所有人都聚集在那儿，看着父母说话，我就突然觉得他们比平时聒噪了1000倍。可我不能走,我被施了定身法。这种感觉真的很难形容,哪怕你的家很好,你的父母很好,但在家的某一刻你还是会觉得窒息的,你会千万次地想要捣毁它。你会觉得这种负面的情绪在掣肘着你。那是我觉得最窒息的瞬间,但我肯定每一个人的家庭都有这样的时刻。**我们最大的不幸是,从来都是在自己的压力、错误、烦恼中,挤出爱去爱别人。**这种爱就像一个盲盒,你必须把包装全部拆光才会看到,原来爸爸是爱我的,妈妈也是爱我的。但是当你去拆开它的时候,你只有愤怒,只有抱怨。而你不一样,你总是会把时间调到极限状态,然后在极限状态下将盲盒揭露出来。这样的盲盒打开一看,里面只剩下了爱。你就是要把主人公推到极致,让她去代表所有人感受家的窒息。

须一瓜:你刚才说的时候我在想,你是很怪的。我们认识很久。最早看你的小说,都是影响很好的作品。比如《季节盛大》等,但当时我就从你的文字里看到了非常奇异的东西,那是一种坦率的、极聪明的笔触,你在表达父亲这个形象给你的窒息感。

粲然:是的。

须一瓜:可我不知道你的表达是真是假。为什么呢?因为你并不是那种本色作家。有些作家他只能写自己的生活，用的一些符号让你感觉很自我、很本色。但有一些作家在超越，你是后者。我能感觉到你的家庭状态是给你带来窒息感的，但我总感觉那是认识你的一个底色或背景。一直到前些年你父亲重病躺在ICU（重症加强护理病房）里，我才终于看到了"非小说"的你，你是那样全力以赴地去照顾他，当时给我的冲击很大。

粲然：嗯，明白。

须一瓜：你是独生子女，一个人扛起了重担。当然有很多朋友帮你，但是你对父亲表现出的那种极大的担忧和付出，对比小说里边的那种窒息，我不知道你是如何突围出来的。你是如何去作为一个生活的主要担当者，去承担这个家的风险，去爱护父亲？我当时被深深感动到了。

我们总喜欢把作者的身份等同于作品里的角色，我写小说会尽量避免这点。可是当我读你写的文字时，还是要慢慢地将文本里的你朝真实的你校准。这个感受之前也没跟你聊过，但就是如此。你真的很了不起，这是一个人人格的成熟和完善。

粲然：谢谢。

须一瓜：我自己会用别的方式去回顾我的生活。前一段时间我有一本中短篇小说集出版，我就送给我另外的一拨朋友，我说你们就看第一篇吧，第一篇叫《忘年交》，那是我给×××写的。其实我在引题里就直接写了——给LZDL，这是我们圈子里一个集才华与美貌于一身的重度抑郁症患者，但是他最终还是在39岁时自行离开了。

我这篇小说写的是他，但你不会在小说里看到他的任何个人信息，我也一定不会让自己的本色被看到。不过我懂得他，其实也是写给能懂他的人，这些文字代表了我对他的理解和渴望，还有对他生命的惋惜。

粲然：高明的作者是很聪明的，他会把自己藏得很深。

须一瓜：我算不上高明。关键在于小说的任务，它一定是要超越现实生活的，否则你意义的范本就会很孤立。我们肯定是想自己的翅膀能更大，但事实上能不能达到是另外一回事。不过人要有这个志向，一定要让文本超越个人生活。

粲然：是。

须一瓜：很多人说我要逃离窒息的家，**我真的希望他们能穿过这个窒息感，去走向有新鲜空气的广阔人间。**不要因为窒息就趴下了，那个趴下才是死亡，是把你自己的生命不负责任地交付给那些"皆祸害"的父母，白白牺牲了你个人。你真的得突围出去，要走出去。

梁然：是的。父母对孩子的爱是非常复杂的，就像《窒息的家》这本书里写的一样，但其实孩子对父母的爱也是非常复杂的。有时候你甚至没有意识到你很烦他，或者你心里因为他而很难受。你觉得他不对的时候，你仍然在爱他。你完全没有考虑到这个。

这本书里主人公的父亲做的事也都太典型了。比如孩子深夜在被窝里看书，他把孩子看的书撕掉；孩子要养猫，他不乐意就直接把猫扔掉；还有他怀疑孩子偷他的钱，便二话不说把孩子所有的衣服口袋都缝起来了。**对父母来说，惩罚这件事是即时的情绪，就像夸奖一样，给孩子"一下"，可能没多久自己就忘了。但对孩子来说，这东西简直成了终身的烙印。**可对父母来说，他想的是我以前打了你，我后面也爱你了呀。就像这本书里面的爸爸，当孩子出水痘的时候，他每一个晚上都守着孩子扇扇子。

当然父母和孩子之间的爱很多是没有那么极端的。大家不会遇到非常坏的父母或孩子，都是在中间。父母中不溜，错漏百出；孩子也中不溜，也错漏百出。所以日常生活中有大量像我们这样的人，互相爱恨交缠。到最后我们才会发现，哦，原来留下的爱，还是比一地鸡毛的恨多得多。

须一瓜：家庭真的是个修行场。其实驾驶室也是。路怒族为什么那么多？司机的愤怒为什么总是那么激烈？就是在封闭的空间里边，很多真性情是会忘记约束的。我见过一个很难忘的中巴车司机，对内，他不断指责那些没有坐好、转来转去的乘客；对外，他一只胳膊不断挥舞威胁指责那些乱走路、不给他让行的行人与车辆。他自己的一只手基本上是一直放在窗外做情绪发泄用的。

一个家庭其实也是一辆车，它也是一个封闭空间，一个没有外人凝视的地方，除了心理医生能突围进来。这个家庭内部，父母的一些行为，包括孩子的表达，会让他们彼此感受不到更多的约束，感受不到要注意考虑别人的感受。所以家真的是一个真性情的地方，也可以说是修行场，是自我修炼最好的场所。很多父母的困扰是，他也知道自己在处理家庭关系中有短板和不足，但意识到时已覆水难收。他看到像你这样非常棒的父母，知道了亲子关系有先进的表率，知道了别人翅膀底下有幸福的孩子。他自己却没有办法，他做不到了。

所以我想这本书能带来的意义是，我们一定等准备好了以后再去做父母，不要家破人亡时才后悔。还有力量差的错位，这个我们也聊到过：当父母很强势的时候，孩子就会很弱小，它形成了一种高低落差的压力关系。而当父母衰老的时候，又会有一个对转。

綮然：是。

须一瓜：人类就是这样的生命过程。当你弱小的时候，你面前的父母像座大山；而当你成为大树的时候，你

的父母已非常弱小。

亲子关系如何能更具有理解力，更具有包容心，更具有自我认知的肯定价值，实际上是非常需要智慧的一个学问。父母可以提前准备，孩子可以通过年岁的增长，变得越来越富有相处的智慧。我有时候觉得我的孩子很幸运，她身边有很多优秀的朋友。她现在的一些工作伙伴在这方面做得也很好，他们对那些弱小生命表现出的极大智慧、包容和引导，都相当卓越。我觉得那些人在教育上，不是无证驾驶，起码都是中高级职称的。

粲然：所有人都会犯错，哪有什么完美的人。

须一瓜：但我们会希望有，尤其在我们弱小的时候。我妈其实还算是受过高等教育的人，当然那时"文化大革命"，她自己也被打进了牛棚，我爸也被批斗了，狼狈不堪。但他们还真有胸怀与眼界，那时妈妈唯一能让我们做的事就是练字，因为字如其人。还有学英语，她说你将来是能用得上的。可我那会儿特别逆反，凡是父母说的都坚决反对，所以我英语很差，练字也练不好，也许这就是叛逆的代价吧。到后来我自己当了父母，才知道她给我的东西已经很多了——就在那样的情况下，她还能给我这些，只是当时的我还不能好好理解她。

粲然：在打进牛棚的情况下还要求你们学英语，这不仅是在给你们东西,也是在给她自己一个回答吧。

须一瓜:对,是这样的。他们俩绝对也是"无证上岗"的。我还知道很多"无证上岗"的人,有些人他们自己还是老师。

粲然:我们所有人都是"无证上岗"的人。

须一瓜:但是有些人去学了。我昨天碰到一个服务业人员,小学文化。她跟我闲聊说她自己的小孩以前叛逆到都读不了书了,升高中面临大问题。可她随后跟我说,她和孩子谈的时候,没有对少年施加任何压力,孩子却反而因为那次谈话幡然醒悟了:他看清楚了自己的前途,也看到他妈妈对他的期望。这次谈话特别成功。然后我说,你的这些修养是从哪里来的?

粲然:她说是通过学习?

须一瓜:对。她说是从各种培训课里学的。学习如何跟人交际、如何尊重别人等,这等于是她后天自学的。她知道如何去爱护一个比她弱小的生命,给他平等,给他尊重,去理解他,去让他敞开心扉,告诉他她的想法是什么,她完成了飞跃。这直接是高级职称了,她改变了一个少年的命运。而她自己遣词造句,都用不清楚,但她的胸怀出来了，是不是很感动？

粲然：是的。作为所谓的教育专家，大家经常会来请教我。可站在我的角度，心里也是无可奈何。没有人是神，你没有办法看到别人的问题就立刻给出解答方法。我自己也是，我爸爸那时在重症病房，他的手肿得很大，像"绿巨人"一样。我看着他的手想，如果我爸出院了，我一定要怎么怎么样……那一天我许下了承诺。但其实出来后，我每天心中还是要涌起一万遍"他好烦啊"这样的情绪。

青春期的时候我跟他的关系很淡漠。青春期很奇怪，它生理上就会生起一种东西——质疑。**甚至后来大家说青春期总是会有一个"弑父"的环节，你必须把他推翻，不然你自我没法出来**，那个笼罩着你的阴影太大了。

须一瓜：情感和理智一直交织在一起。

粲然：对，然后当他走远一点的时候，我心里又想，我现在还是很幸福的，至少我有爸爸妈妈。

须一瓜：父母双全，爱在身边。

粲然：但这种东西它绝对是不停互相搏斗的，每一刻。

须一瓜：这就是家庭真相，就是这样。就是神构成的家庭，它也会这样。

粲然：对。在生死面前爱才会喷薄而出。在这个过程中，你只能接受自己是个凡人。大量像我们这样的人，学习着自己的爸爸妈妈，然后再把自己学来的东西延续给孩子。

这里面有一种力量很宝贵，就是你刚才说的学习的力量。**我知道我不好，我知道我不够完善，我给出的爱里面包含着我的愧疚，愧疚让我去学习，去倾诉**。如果有人说，我觉得我做得不够好，我要学习，我要求助，他的这个意识本身就已经很难得了，这是真诚和自觉的力量。

须一瓜：我自己也一直在想这些问题。我们更多的总是不完善的父母，没有技术，也不懂得学。所以爱一定是个技术活儿，尤其在亲子关系里边。没有技术或技术含量低的爱，会一片好心办坏事，伤害到弱小的生命。

现在爱而没有技术成了一个普遍的状态。为什么我一直在说要"持证上岗"，因为你不学习，你都不知道什么时候伤了人或被别人伤害了。这是没有办法的，年龄差的缘故让父母比孩子的承受力好。这种家庭状况我不知道会不会一代代地进行改善。不管是用社会公德的形式还是用文化艺术的、法律的形式，或者用文学的形式。

粲然：文学它确实是一面镜子，把负面的东西照给你看。

须一瓜：就像卡尔·荣格说的："每件促使我们注意到他人的事，都能使我们更好地了解自己。"（Everything that irritates us about others can lead us to an understanding of ourselves.）文学告诉你人类的关爱、同情、怜悯、尊重，它在那个地方，你要看到。

粲然：是，说得太好了。其实不仅是这本书，盛名在外的《太阳黑子》《白口罩》《甜蜜点》我也喜欢。

须一瓜：你都是第一读者。

粲然：对，我也是陪你长大的。

须一瓜：你知道《窒息的家》这本书你给了我多少建议吗？你可能都忘掉了。如果我按米这个单位计算，手机屏幕的文字，可能有一米半长的对话，也许更长。比如你关于光辉老师对自我凝视的建议，后面成稿的时候，我都在文本上做了力所能及的调整。我不知道调整得成不成功，但我认为这个建议是有价值的，小说文本需要不同维度的观察，你不是白担任第一读者的。

粲然：我看了好几遍，从还没有完全成稿，一直到要成稿。

须一瓜：我真的很荣幸。

粲然：我们刚才对亲子关系讲了自己的看法。我一直在想，我是30岁以后才生孩子的，而且我生完孩子过了两三年，我爸爸就生了一场大病。在这个过程中，我一直在校准我的感受、我的爱。我从我爸爸身上，从这种极限的事身上，学会了怎么去爱、怎么去表达。所以我觉得好的事情当然会给我们力量，但有时家庭里面一些不幸的事情，也会给我们一些祝福，是吧？

须一瓜：嗯，不好的事情也具有能力。

粲然：而且它可能会转化成更旺盛的能量，让你去变成一个更会表达、更能体验、更好的人。

须一瓜：有时家庭很难界定，毕竟它是我们来到人世的第一个具体的成长环境。那些被命运祝福的孩子，在恶劣的环境下他都能吸取养分，就像黄山松一样，在营养很差的环境里，它都能挺立；或者像血龙树，在贫瘠的沙漠上生长，还像沙漠艺术品一样美丽。**所以我觉得同时给予的条件下，如何在恶劣环境里获取意义可能要大于你如何去评定环境的好坏。这是更重要的。**

粲然：是的。你之前引用的维琴尼亚·萨提亚的话其实也是在说这个：关于怎么让人们在恶劣的环境中依然收获意义。

须一瓜：因为，这个意义才会滋养你。

絮然：是的，评判他是不是祸害这件事情并不会滋养你，只会让你想金蝉脱壳。

须一瓜：但是真的活得好的，可能是后面这种人。

絮然：是的，因为**去评判说"是别人伤害了我，否则我可能有更好的生活"这样的论断是一个舒适区。**

须一瓜：但是对你的一辈子来说，你不能只要这一点东西，你要往前走。

我一个朋友给我讲了个故事，就说一个孩子的妈妈做了包子，在那个物资匮乏的年代是很难得的。孩子的妈妈就要求他把这个包子给吴大叔送去，这个孩子听错了，把它送给了什么李大叔。那个妈妈一听，就让孩子去把包子讨回来。你说小孩子能不崩溃吗？他本来要完成这种成人间的外交就很困难了，而现在传达出了差错，他还要去把它纠正回来。他怎么知道这个包子人家有没有吃掉呢？从这个故事中能看到那一代的父母，他是完全没有考虑孩子的感受的。而孩子，就在这个环境里成长。

粲然：是的，就是对和错，做得好和没做好。

须一瓜：这确实也是亲子关系的普遍状态。

粲然：是的。我觉得这本书也涉及了文明代代相承的问题。我现在看到网上有一些帖子说家庭的极端暴力事件时，总觉得时代好像不但没有进步，又退回去了。但我又是一个乐观主义者，我觉得每一代人都会尽量留下一些东西，像法律、文明、道德、文学，他们是这些信号的创造者。这些信号从远古一直留存到现在，人类也从茹毛饮血、近亲结婚一直到现在，我们一定是不停往前走的。当然这种往前走它兼容着后退，人类可能会回到人性非常丑陋、自我、自私的一面。但这并不是由于谁，而是一整代人共同作用的结果。

像王卫国，这个爸爸最后也是基于自己死后我的孩子她肯定能够活下去而且活得很好的信心才离开的，对吧？不然我不知道他要怎么自圆其说。因为他肯定是非常不放心自己女儿的，他知道自己的女儿陷入了糟糕的婚姻，眼睛又瞎了，所以他安排了所有的事，包括保险柜，他依然是把掌握权完全交给了女儿的。他感觉自己可能会遭遇不幸，但最后他还是选择了相信。我觉得这个爸爸最后是在拼死一搏，他在博自己的女儿能不能走出自己的命运。

须一瓜：陪她到最后。

粲然：对！

须一瓜：他太清楚后果了。

粲然：是，他就是在赌博。

须一瓜：是的。这里面的学问太大了，我们要一步登天，真的很难。人类好像就是这样磕磕绊绊地往前走，但是应该是在往前走的。你刚刚说人类做了各种努力，其实回到我们经常谈论的文学也是如此。一些作家，像我自己最近在重读我特别喜欢的威廉·福克纳，他谈到人类的一些信念，一些美好的东西传承的力量。它们一定是代代相传。如果我们把光作为一种美好的东西，人类跟虫子的趋光性是一样的，他天然渴望那种平和的、安全的、公平的、正义的东西。哪怕那些不好的父母，比如说把孩子逼得跳下楼的父母，在那个瞬间我们看到了他们的十恶不赦。但把镜头拉回去，我们会看到在那些糟糕父母的背面，可能是生活压力极其大、家里一地鸡毛的状态。

镜头拉过去，虽然我们获得的信息量更丰富，但是在评价这个事情的时候，心情难免也会更复杂。你知道有些接触可以避免，但有时又避无可避，你只能叹息。可这在某种程度上就是我们家庭的真相，就是人心的真相。因为做了几年的记者，会更有机会、有角度去落到——你也做过记者，对吗？

粲然：是的，我们会重视事情的幕后。

须一瓜：是的。没办法，我们就是这样磕磕碰碰、破破烂烂的。但我们必须往前努力。如果说轮回的话，这一代你可能付出了非常多，可能也会由此得到非常多。我们希望苦难能够给下一代一个未来，但积累更多的是负重，没有办法。

粲然：是。**当人遇到苦难以后，我觉得最好的回答就是你去找到、去体验其中的意义，然后尽你所能把你的一点点光明的答案传播下去。**很多人都在问：那些传世的文学名著，为什么要去读它们？我觉得很大的一个原因是，最后它们给你的答案还是那个你从苦难中得出的答案。那个答案代代相承，它不停地在告诉你你没有错，其实就是还有那么一点点的光明。像福克纳、陀思妥耶夫斯基、雨果的小说就是一个赛一个地悲惨和苦难。在那个时代，他们描写那种小人物不停地在突围，最后没法突围的故事。但最后作者还是会告诉你，总有一个，总有一点，值得你活下去。

须一瓜：那位写《青鸟》的剧作家莫里斯·梅特林克，我很喜欢他。他的作品也是一直在表达人心总有"规律和权力"，大意是众多事物似乎都在拖着人类后退的时候，它始终支配引领着我们向好、向善。原话我表达不出来了，但他的信念一直在。他在复制我们人生模拟状态的时候，确实是表达了很多对人心向善、向好的关注，很用力，也很深刻——也许我们在一本书里获得不了更多元素的营养，但我们可以去开阔视野。

一个民族，它的强大其实很多是靠书籍的，书籍是真正的第一老师。它在滋养我们的人生，它在给我们力量。无论是专业书籍还是文学作品，反正开卷有益，它会让你在很短的时间里去接触到更多的人生画面。

絮然：是的。但如果仅是通过工具书，心灵不去改变的话，它就只是一个画皮的外衣。我知道直播间里面有很多的妈妈，就像我一样。做妈妈之后，我们都会大量地去阅读一些教你成为好妈妈的教科书，但是我依然推崇应该再看些小说。为什么呢？因为小说里面有故事。如果我们只看工具书，就很容易按照工具书的索引做母亲，就觉得我不能出错，我一定要这么讲。但这样会让你陷入一个教科书一般的标准里，反而给自己很大压力。

须一瓜：是啊。

絮然：我觉得我们这一代的妈妈是往前又走了一步，但同时也面临了新的考验。你对孩子太好，你会觉得这样是不是太好了？如果你对他太苛责，暗夜里你都会反思自己是不是做错了。所有的妈妈到最后都会问自己我是不是做错了……大概爱就是这样。**爱的本质就是你需要面对自己的问题。**

须一瓜：当一个孩子被要求和约束很多时,他不仅是行为容易被限制到呆板的,而且自我的价值认同很低。那些被放纵的孩子,他的自由生长空间大,确实更有创意,更有生命活力。

我一直在关注德国的民族,因为他们真的太优秀了。本来按道理,他们只能是严谨的,但事实是,他们的思维不仅有严谨刻板,他们还有大音乐家、大哲学家。我看见过一个好玩的例子。有个叫柯尼斯堡的地方,康德的老家。地方特别小,它现在已经划到俄罗斯去了。那个小城有一片湖,旁边有七座小桥把湖四方连接了起来。城里的人每天最热衷干什么事呢?就是经常去那里研究如何走才能一次性地把七桥走遍。嗯,这是那个小城最热议的事,不管你的家庭背景,也不管你的职业身份。居民群体已经进入了非常高深的数学领域。这是什么样的民族?他怎么就有这样的闲心,这样的智趣和耐心?这民族,是不是很奇特?

粲然：是。

须一瓜：同一个民族的面相,差异这么大吗?他们曾经也从那么死板的家教中走来。这种成长的特性是怎么来的？老实说我也不懂。我混乱了，我不知道到底哪一种是好的，到底什么才是真正行之有效的亲子模式，我不知道。

粲然：所以说，对一个民族而言它是有集体无意识的。我觉得这个东西是存在的。

须一瓜：但是严苛的家教也存在，还有人成长的大背景，这些意识是如何长出来的？

粲然：是的。之后你会发现不是统计，也不是分析，而是有一双看不见的手。

须一瓜：确实如此。

粲然：作为一个资深的作者，你是第一次来到直播间，以这样的方式。但其实放松的时候，我觉得你并不像想象中的那样不会表达。

须一瓜：我以为我在这里又会重温一次那种尴尬、无措，但没有。是你带得好，谢谢你，我们互相表扬一下。

粲然：你做得已经很好了，也很走心。我觉得我们也是一种"对手"的关系，就是谁喂你招，你怎么接招，又怎么抛出来，这是一个良性的互动。

须一瓜：确实，是一个互相的激发。

粲然：我和你接触这么多年，你一直都在写。你每次都笑眯眯地对我说"最近又写一个新故事"或"这个细节有意思""这个人还挺动人的"。我一直觉得你跟自己的书……就是，书里是你撒欢儿的地方。

须一瓜：可以这么说。

粲然：**读者都会在书里找作者的痕迹，但作者有时候只是在点亮自己的一个天地。**在那里，他是一个上帝视角的人。

须一瓜：是，完全正确。

粲然：作者只是把自己心里面想呈现给读者的东西呈现给读者看。我想你回去再写这本书，它一定不是现在的这个样子。

须一瓜：肯定的，此一时彼一时，就看你在什么阶段得到的是什么礼物。

粲然：突然想起来，很多年以前你还拉我一起去酒吧做卧底。

这些对于小说的创作者来说就像一个个切片一样，时间的切片。

须一瓜：你想真实地模拟生活，就只能完全地去了解生活，不许出差错。材料不许出差错，逻辑关系不许出差错，人物关系也不许出差错。所以这本书真的要感谢你。我一直说我是个幸运的写作者。当我需要的时候，身边总有人。

綮然：我们只是把材料给你，是你把它变成一个真正的故事。

须一瓜：还有那些非常考究的血肉关系，也很重要。

綮然：为了我们能更好地理解须一瓜，我想跟大家形容一下她到底是个怎样的人。有一次她去了一个针灸的诊所治疗，回来后我们聊天，她一直在跟我们探究那个诊所的诊疗原理和方法，就像个好奇宝宝一样。我想这就是一个创作者的生活，无论什么都要盘根究底，无论遇到什么事，都会不停地问为什么。

须一瓜：我记得那个医生领了一堆实习生吧，还包括外国的实习生。一排排的病人都躺在那儿针灸，他走到我的床头跟他们说："我都不爱到这个人的身边，因为她的脑子飞转不停，让我气场都混乱了。"

粲然：哈哈哈。还有一次是我骨折的时候，腿上接了钢架。好不容易有一天我们见面了，两个人约在了一家火锅店。她非常迁就我，因为她住在另外一个小岛上，要坐很久的地铁才能来见我。但到了以后，她关心了我的腿五分钟吧，接下来就开始跟我讲她新写的小说。在随后的一个半小时里，她一直讲。我当时心想：我已经残废了，你还跟我讲这些？可她就是这种人。

我们还有一个好朋友卢小波。有一次，小波就在我们两个面前大谈他化疗的经历。我们俩那会儿正在吃花生冰沙，吃完后用吸管使劲地吸残存的冰，发出了很响的声音。然后卢小波勃然大怒，说你们俩是什么朋友！

须一瓜：当时我们俩都被骂傻了。

粲然：他觉得我都快死了你们还这样，但我们两个好像从来都不觉得他会死，可能这就是我们卓越的直觉吧。所以有时候我觉得一些亲密关系，他想的和我想的很不一样，哪怕是最好的朋友也是——

须一瓜：错位的，期待是会偏离的。

粲然：是的。那次和你相聚吃火锅，我觉得你是来关心我的。吃完饭后我们走出商场，你还在那儿絮絮叨叨地讲，我坐在轮椅上拉了下你的手，然后看了看天上的月亮。那一刻我觉得，嗯，我终于要走出来了，我感觉到非常地幸福。

我后来想，**最好的关系肯定是爱恨交加的**。但有一件很美好的事，就是走出这个谁对谁错的评定，一起去创造更有创造力的东西。这样是最幸福的。

须一瓜：包容那个错位。

絮然：对！所以亲子关系无论怎么样都是美好的，它有未来，它有一个有创造力、有想象力的东西。

须一瓜：去掉个别极端恶劣的父母和孩子，大部分家庭背后是能看见爱的底色的。

絮然：就像希腊故事里说的潘多拉的宝盒，所有的东西都走了，那些让地球黑暗的东西都走了，最后只剩下一个有希望的你。

我觉得今天这场直播特别好，虽然是在聊天，但起码我们没有被谁的故事带走。无论怎样，我们两个人最后得出的结论依然是——爱还是有希望的。走出日常，走出让你窒息的感觉，能看到在这条路的尽头，光亮还在那里。

须一瓜：爱和理解力真的太重要了，从家庭开始修炼。

桼然：我以前非常感性和文青的时候，觉得爱是一种能力，一种给予的能力。但是现在越来越觉得它不仅是能力，你说得很对，它是一种技术。你需要去学习这种技术，而且要知道，它是需要运营在每一天的。你不能只是宽泛地想爱是一种能力，然后拼命一直给。

须一瓜：你以为这样对方便能不受伤害，其实不是。

桼然：是的。

须一瓜：孩子都在长大，他也会接触很多有技术的朋友。我现在也开始获得孩子给我的支持和理解了，这着实不易。我不知道天下的父母是否都会有这样的结局，但它一定是看得到的。当你进入人生的不同阶段，你就能慢慢感受这些了。

桼然：我非常理解你的这种感觉。一开始的时候，我们跳动得比他们更有力量。但是接着他们跳动得越来越大，生命力越来越强。他们不知道的是，他们每一次跳动，我们那种强烈的幸福感，比我们给予的时候浓烈一百倍。

须一瓜：就像父母对我们一样。

絮然：孩子长大了以后不会说"我爱你"，但会说"我可以"。有这句话，父母就已经很开心了。

须一瓜：所以真正的爱，是那种没有声音的。它一直在。

扫一扫二维码，观看整场微信直播

十二

在我表明我就喜欢"那个胖子"的一个月后,王卫国同意了光辉老师上门拜访的请求。我以为光辉老师是来谈婚事的,但光辉老师笑而不语。

在我父母身边,我总是畏首畏尾的安静角色。他们和光辉老师在客厅交谈的时候,我都是低首垂眼一言不发的,但这次,在最关键的时候,我出手了。在大茶几上,我亲手叉了一块释迦果,喂到了光辉老师嘴里。聪明至极的光辉老师,张嘴接过,并深深地看了我一眼。这份深情,我不知道他是怎么拿捏的,那份关切与爱怜、深渊般的温柔与理解,就在那一秒钟不到的眼神里,完成了对我父母的极大冲击——当然,也许要怪他们自己把指针调到了高灵敏状态。

光辉老师带了伴手礼——《家庭会伤人:自我重生的新契机》这本书,还有一提明前茶。我不知道求亲人的口袋里,会不会有金戒指之类的,我就是激动;王卫国也是有备接待,作为老爸,他也没有给我丢脸。他始终气定神闲,充满见过世面的沉稳、坦诚与耐心,所有的犀利与暴躁,都像老虎爪子,内敛于他彬彬有礼的吐纳中。他一边认真地听光辉老师聊，一边贴心地翻着那本赠书。光辉老师简略地介绍了那个美国作者，然后透析了家庭给人带来负面影响的可能情况，他说，作者勉励读者用真实的勇气去阅读，以便发现自己身上可能存在的伤痕和偏差，以找回健康的自我。

王卫国表示一定阅读，并主动请教了心理学领域的几个问题。他们谈笑风生，在过去的五分之四的时间里，谁都没有提到婚事。光辉老师绘声绘色地、隐匿姓名地讲了几个自己受理的案主故事。王卫国吃惊的表情，也很真实。他非常认同光辉老师的许多观点，比如，性格比智力更能决定命运；比如，家庭的健全不等于健全的家庭教育。当光辉老师批评说，不好好说话，已经成为中国父母的通病。王卫国明显尴尬，说，其实啊，父母都是刀子嘴豆腐心，我们的传统教育理念是——孩子夸了会翘尾巴。满遭损、谦受益，慈母多败儿，严师出高徒嘛！光辉老师笑眯眯地反驳说，可是，如果孩子永远无法得到父母的肯定，自信心就被摧毁了。光辉老师说，一个富裕但暴躁的父母，远远比不上清寒而有耐心的父母。

应该是想缓解王卫国的尴尬，光辉老师把矛头指向自己的原生家庭。他说，我父亲只有一条手臂，是小时候在铁轨上听火车被碾掉的。一条手臂的父亲，在一个街道福利小厂，带领十几个脾气比本事大的残障员工。他们比健全人更艰难，个个成天气急败坏。有一天，因为我偷了邻居家的两毛钱，父亲把我拖向铁轨。一条手臂的父亲，手腿并用，死死地把我踩压在铁轨上，说要让火车把"小偷"碾成两段。光辉老师笑着，说，那些福利厂的孩子，每个人都有噩梦般的童年。

这个时候，依然没有人提婚事。话题在慢慢转向。王卫国说，我听说，很多心理从业人员，其实首先就是自己的一种心理需求而已。说是因为人格上有严重问题的人，他们才选择这个行当，就是想听听别人的心理问题、心理垃圾，然后按时收费，在拯救别人的时候，获得自身的平衡或者自救。当然，楚老师肯定不是这样的追求。

光辉老师坦然大笑，说，是，我就是因为自己的内心需要，亲近心理学的。我觉得痛苦无助。只是，这是一门生命科学，能够助益人生的精神科学，不是您说的那么简单。

光辉老师告诉王卫国，心理咨询师并不是听人说说话，就一小时赚几百元的暴利职业。实际上咨询是工作的第一步，之后的整理分析研究个案材料的时间，远远超过咨询时间，付出是很大的。您看，现在大学心理学专业的毕业生，从事心理咨询的百分之五都不到，太苦了，所以都逃走了。整个国家心理健康的形势非常严峻，可是，社会整体对心理服务的认可度又非常低。实际上，大多数咨询师都要靠兼职养家，如上网做专栏、开淘宝店维持。心理咨询师的专业性又特别强，他必须不断地去上各种课程，学习不同的理念和治疗方式，不断在知识、认知和技能上提高自己。所以，专职心理咨询师前六七年，都是在大投入。我现在就在这节骨眼儿上。

王卫国说，你炒股是这个原因吗？光辉老师说，是的。我毕竟是学金融的。如果不是股灾，把我赚的钱全赔进去了，我不仅不会为工作坊发愁，而且，应该早就是有像样生活水准的心理咨询师了，至少不会还蜗居在湿答答、闹哄哄的菜市场里。

王卫国说，听说，你只能买二手车是因为不能获得贷款，这和你大学助学贷款十多年没有归还贷款、影响了信用记录有关？

071

光辉老师说，哦，这是我的错，认识有误区。工作后，工资一直很低。国家助学贷款共两万，年利息百分之七，看起来不高，但对我来说，是一笔不小的开支。一千多的工资，扣除进修、生活费、交通、应酬、赡养费用，所剩无几。后来，又赶上房改房购买。房改房虽然便宜，但对我毕业几年、父母残疾的贫寒人家来说，也非常吃力；银行又不肯贷款，我只好到处借钱。如果当时没有咬牙求借，现在的商品房，我更买不起。

王卫国说，那么，你炒股最成功的时候，为什么不主动先还掉助学贷款呢？毕竟你已工作多年了。弄到银行冻结你账户再还，不是很被动吗？

是，当时对股市是贪心误判了，以为还有新高。其实弄到最后，赚的钱还不如放银行吃定息。光辉老师点头认可王卫国的质疑与批评，陈述的语气却充满叹息与无奈，他说，其实，穷苦人家的孩子，追梦是艰难的。大学之后，学习成本还在投入，还得成家，然后，孩子也来了，家里老人的身体又不好，自己又不想放弃梦想。如果我的父亲像您这样能干，我奋斗的道路，会平坦得多。再聪明的人，也只是上马才能飞驰，可是，人生上马这一段，最为艰难。很多人一辈子都看不见、摸不着马，很多寒门子弟，就算苦挣苦熬，来到了马的身边，却一辈子都没有力量翻身上去。我就是这样的。

王卫国没有表情地喝茶。我知道他还会追杀光辉老师。他给大家再上了一巡茶水，说，我十二岁父亲就病死了，母亲不识字。我九岁的时候，我和小我两岁的弟弟，都得了流行性脑脊髓膜炎，家里借来的钱，只能救一个孩子。我父母觉得我比我弟弟已经多花了两年的饭钱，救我比救我弟弟划算，我弟弟就被放弃了。没几年，我父亲也死了。家里的生活更难了。我一辈子都没有人扶我上马，我也只能靠自己。但不管怎样，我和你想法不一样，再苦再难，我一定会咬牙先还借的钱，这于我，是为人处世的基本原则。

您说的是对的，王总。只是人穷志短的悲哀，外人不一定懂。您至少还有一个能保护您成长的原生家庭，您没有被放弃。那些被保护被支持的小孩，往往容易自信和有力量，这都是成功的基石。我没有您幸运，我从来没有想过不还国家的钱，只能说，身处泥泞之境又不放弃梦想的人，是很分裂很痛苦的。

王卫国不依不饶：我们不一定追求有些人不惜用生命去捍卫的那些高尚价值，我只要求为人处世的根本。我在商言商，你失去诚信，根本就没人愿意和你再合作。在普通生活工作中，诚信记录一样致命，它就是人品名片。当然，我不全部了解你成长的艰难处境，但我有同理心，我也理解，我妻子、女儿对你的信任与慷慨帮助。只是，再苦再难，那些人品记录的高压线是要尊重的。

是，您是对的，我接受您的鞭策。光辉老师深度点头。他看看我和美静，一脸严肃而真诚的感激。他说，我会尽快处理好的，我绝对不会辜负阿姨和红朵对我的信任。他又做了一个有鞠躬意味的点头。

即使在王卫国不怀好意的暴击下，光辉里老师依然不亢不卑、彬彬有礼。

我以为终于可以结束这些冗长的狗屁开场白，该切入求亲正题了。

光辉老师说，这些年，心理成长方面，我投入了二三十万，应该快"上马"了吧。本来华侨别墅顶楼的工作坊是后年租期到，但房主要整栋出租——这个是签合同时就约定好了，房东补偿我们两个月租金，并给我们一个月的时间搬家。事业刚刚有好开头，我们舍不得中断。现在，我和合伙人基本上一周至少有两个咨询，这在我们观念落后的三线城市，已经是非常好的开端了。经营了这么多年，良性循环即将发端，所以，我们急着找到合适的新工作坊场地……

王卫国点头。

光辉老师说，我冒昧地问一句，如果您的宣木瓜别墅依然闲置，是否可以暂借我们周转几个月以渡过难关……我们只用下面那层就好……

对不起，王卫国直截了当：我们正准备住别墅去。你知道我已经把云南的项目都转掉了，以后主要在本地做一点仓储物流。生意规模缩小了，但陪伴家人的时间多了。你看，这是朋友帮我做的软装设计方案。

王卫国真的拿出一个文件夹。我简直回不过神来。光辉老师恭敬接过，但没有打开它。虽然知道王卫国不一定借，但这么干脆地回绝，光辉老师显然有点不自在，但是，他还是礼貌地微笑着：理解理解，奔波多年，该重心调整多陪伴家人了。

我就是在这个时候，用牙签叉着一块释迦果，往光辉老师嘴里送的。这是在宣示我的态度，是站队。可以这么说，我是狗急跳墙地维护光辉老师。他掩饰得很好的尴尬，让我心疼，让我对王卫国怒火中烧，在这之前，我从来没有听说我们家准备去宣木瓜别墅住。如果他有这个想法，碎碎念的美静，绝对会告知所有身边的耳朵。我认为他明摆的是见死不救！是故意！

王卫国冷冷地看了我一眼，眼睛久久地停留在那盘释迦果上。我桃花癫一样的背叛举动，让他脸色阴鸷。光辉老师马上打破了冷场。真不好意思，他的语调依然温和体贴，是我们冒昧了。看你们多年不住，还以为可以帮助养护房子，我们甚至想过请你们家以房租入股——当然，你们可能看不上。对不起，我唐突了。

王卫国马上就回过神了。不不不不，你们也是好意嘛！要是早几年，你们用还是我们用都是一样的，房子还真是要人气滋养。这些年，我东奔西跑赚了点小钱，结果呢，得不偿失，你可能也看出来我们红朵，变得非常内向自卑。

光辉老师笑笑，她已经成年了，我觉得，她会越来越有自己的想法，会越来越好的。

我担心，现在转谈婚事肯定不妙。我傻望着光辉老师。

王卫国说，美静有没有告诉你，毕业这些年，红朵在公司很不开心。这公司的大老板还是我朋友，那些销售员总管，甚至小业务员，都敢随意推翻她反复确认过的设计方案……她经常哭着打电话问我怎么办，再后来，连经理找她谈话，都要先打电话问我怎么回应。我说等会儿，我在谈合同，她就大哭……

我叫了一声：爸——！美静也听出了我的反对意见，她却补刀说，还不是经常受欺负后回家郁闷，又不让她爸给她老板打电话。前两年他们公司年会，没我陪她就不敢去，说不自在。她爸不让我陪，我不陪她就不去，宁愿请病假或者被扣钱。我想，去杀杀威也好，让那些不知天高地厚的小泼妇，知道王红朵是谁的人！没想到，我去也白去，她还是怕人怕惹事……

教育失败啊，现在我必须亡羊补牢，好好陪伴孩子。王卫国几近讨好地看着我，而我急着等光辉老师提亲。让我嫁给光辉老师就是亡羊补牢！我心里在愤怒呐喊，但光辉老师依然既往不咎、耐心和蔼地聆听王卫国的假模假式的感言，他一点都不介意王卫国小气无情的拒绝，依然处变不惊温柔以待，甚至让我以为，仿佛他让王卫国听顺了，他就有机会翻盘借到宣木瓜别墅。我觉得，光辉老师太善良了，太不理解老江湖王卫国了。

王卫国给光辉老师敬茶，一边感叹：我本来以为她骨子里最像我……美静抢话道：像外公啦！像我那窝囊父亲！我家要不是有我妈，全小茶乡的人，傻子都可以在我爸头上拉屎拉尿……

我霍地站起身，我就是站给光辉老师看的：看到了吧，这就是我的父母，我在他们眼里就是一坨没用的狗屎。你赶紧提亲！直截了当！光辉老师笑着轻拍沙发，示意我坐下。他一直保持着宽厚微笑，他说，养护孩子的确不容易。我前妻，比我更早涉足心理咨询。怀孕的时候，她跟我说，我决不能让孩子再遭遇童年时的精神创伤。没想到，我女儿五六岁时，她就开始对她大吼——你听不懂人话吗？你的脑浆里是猪大便吗！所以你看，她有备而来，还是变成她最不愿意成为的那样的父母。

我不知道光辉老师是安抚我父亲，还是在拍王卫国的马屁。显然，王卫国过关了。他说，小楚，这样吧，我有个生意场上的好朋友，他正好有个闲置的店面，本来是出租做网吧，因为位置比较偏，到期后一直没有租出去。你要不要去看看。如果中意，我可以帮助降低些租金。

那太感谢了！希望是符合心理咨询的环境。

送光辉老师出小区的时候，我很不高兴：你不是来提亲的吗？！

光辉老师轻轻地拥抱我：懂吗，最圆满自然的结果是——瓜熟蒂落。

十三

那场会晤，我收到最重要的信息就是，心狠手辣的王卫国和美静，见死不救还奉行"母慈多败儿"的虎妈狼爸信条。光辉老师却宽宏大度，他说，别担心，先过渡着，我们慢慢来，我会让他信任我的。你不妨换个角度替他们想想看。

好吧好吧，也许我该懂点"可怜天下父母心"的视角转换，也是该承认，像我和王红星这么糟心的孩子，一定是他俩超纲的人生考卷。我外婆不是早有预言：你早晚要把父母气死，除非他们前世烧了高香。

缝口袋事件之后，我基本没朋友了。实际上，那件事之后的第一个春游日，就没有一个小组愿意接纳我，都说人够了。看着没人要的我，老师比我还尴尬。之前和我比较合得来的四个同学，只要我有靠近她们的意思，她们就会自然避开：我上个厕所哈；哎，某某在叫我呢。她们纷纷很快从我身边撤离，也许是无意识的，也许是巧合，但我就是自动会联想到王卫国把我从校门口捉住、暴打"小偷"的画面。很快地，我已经没有勇气和任何人亲近。有一天班上有人惊呼，说丢了掌上游戏机。我觉得全班同学的视线都唰地看向我。我的脸比小偷还红。那个晚上,我又梦到了空无一人的深夜校园,一间间地面朝上发光的空教室,恐怖而孤单,而我就是找不到离开的大门。掌中游戏机在同学爸爸的车里找到了。但是,很久之后,我一想到那件事,我的脸依然发热,它在提醒我,全班的同学对我的一致评价。我就像一个氢气基本跑光的气球,再也无力飞升,只能贴地踽踽独行,里面残存的氢气,让我勉强竖向而行,没有横倒。

好多年,我就那样蔫蔫的,都是形单影只地走在小学末期和初中上下学的路上。

我越来越规矩,病态的是,我还愿意把被欺负的状况带回家。初中的时候,我后排的男孩,突然用打火机烧——应该是燎了一把我的后脑勺儿,头发的焦味混着我的尖叫,引发了更多女生的尖叫。我尖叫完,摸摸粗麻的一片焦发,直勾勾地看着那捣乱的后排男生。我不知道是不是我眼中闪出了我外婆幽灵般的咄咄煞气,在全班人逼仄的瞬间死静中,那个肇事男孩,忽然声腔变调地求饶:……我不是故意的……那个还未变声的、但完全变调的尖细童嗓,听起来就是含泪的哭求。

但我整体上就是窝囊的,是刻骨的窝囊。到大学毕业,我都还不习惯和人对视。我的眼光是波浪线的,是散光性的,是屋檐下的下垂雨线,它们总飘移在人的中心视线之外,就像老鼠躲避着光源与光照。大学里有几个说话多点的室友,但我没有朋友。我沉默少语,不爱运动,拒绝任何团体活动,经常就在图书馆待着。寒暑假有室友相邀旅行,王卫国必定问,全是女孩吗?不安全吧?如果你说,也有男同学。他会说,嗯,算了——那更不安全。其实我就是问问而已,好给室友们回个话。我自己,压根儿哪儿都不想去。我也知道她们就是礼貌相邀，宿舍里所有的活动，有我没我都一样的。漫长的假期，我就喜欢跟王红星一起发呆，打打游戏机、看看美剧。那时候，家里有保姆了，我们俩的卧室，又乱又脏，让王卫国厌恶。但我们就像两块比赛生锈的破铜烂铁，让精锐整洁的王卫国愤恨，我们却击掌相庆我们卑鄙的快乐。

上大学前，王卫国对我约法三章。其实在中学，他就很在意我的装扮。当时是校服，也没什么可折腾的，但记得有一次刘海儿太长，我自己对着镜子剪了，回来他大怒：是剪鞋垫啊！结果，他帮我修了很久，说要恢复层次感；他说，女大学生要保持清纯的学生气，不许烫发，只能留长直发，将来万一你去国外留学，我会送你最漂亮的旗袍，要有牡丹气质，给外国人看看什么叫东方美；绝对不许留指甲、做美甲；不许穿短于膝盖以上的裙子；不许穿破洞牛仔裤；不要穿细吊带衫……他要求我一条条记下来，我记满了一小页活页纸，随后我就当着他的面，让风吹下阳台。我告诉他，我记在心里了。

我没有食言。我完全不打扮，我留着长直发，还不爱洗头；我不美甲还经常忘记剪指甲；我懒得买衣服，经常穿美静不要的过时衣服，甚至高中校服。大学一年级肥胖了以后，更是捡王红星嫌短的旧T恤穿，对，还有美静不穿的鞋子、手袋；我不化妆，口红、眉笔、眼线、粉底液，我一个不买。我的体重就像对干瘦童年少年的狠狠报复，完全不可遏制地肥胖起来。我差不多有了一见之下，雌雄莫辨的效果。和我肥壮身材不相称的是，我的胆怯、卑微、神经质，越来越严重，情急之下，不是口吃就是词不达意，这让王卫国抓狂。有一次他回来，我们一家人一起在外面吃饭。因为酒家很近，步行十多分钟过去就行了。他们三个都快速地通过了马路，我没有。没有红绿灯的路口，车来车往的，我一直停在马路牙子上。对面的王卫国猛烈挥手：过呀！车怕人！

我叫他们先走，然后拿出手机在看。我就是不和奔驰的车子抢道。最后，他们先走去点菜。其实我没有迟到多久，但王卫国已经点完了菜。我能在他狠狠地抽筷子纸套的动作里，看出他心里的窝火。饭吃到差不多的时候，他还是发作了，说，你都是这样过马路的？

我说，不是啊。

不是？！你简直比刚刚进城的乡巴佬还没用！

乡巴佬才不怕车呢！美静说。

让一让也没有晚多少，我说，没必要赶啊！

让？好，你去让你去让！你以为你爸看不懂你？你就是窝囊废！为了掩饰你害怕，还假装看手机！看了我都想吐！你到底怕什么——我死了你怎么办！

王红星以手掌盖脸，没有盖住的部分，冲我做了半个鬼脸。我在桌子底下踢了他一脚。小巫婆，王红星大学后经常这么叫我。那天晚上，他问我，你要这样折磨老爸多久？

——窝囊又不是我的错。

对，但假装窝囊就是你的错！你真是个歹毒的小巫婆！装窝囊、装傻、装恐惧、装无知、装废物，你刻意把自己往屎包里整，尤其是当着他俩的面：害怕人多、不敢学车、不敢讨价还价、不敢对抗老员工的霸凌、不敢去年会、不敢过马路……真是越屎越满足、越窝囊越快乐——你为什么死活不离开爸爸朋友的公司，你就是需要屎的目击者！我问你，你打算什么时候出戏？你这样变态地损人不利己，真的很过瘾吗？

没啊，我只是不想藏着害怕，我装什么呀！

你是装多了，已经分不清戏里戏外了。我预先申明，我对你的报复连续剧没有意见，我只是问你值不值得。

我得饮水思源啊！

王红朵啊王红朵！你简直就是恶、魔、附、体！

我呸，世上有这么窝囊的恶魔吗？

十四

　　王红星活得比我实在，也比我犟多了。他依然坚持写着无法发表的作品。他还偏执地热爱女孩，有一次的失恋，和尿床有关。他说起码有两三年没有尿床了，那只是个意外。那天，他和女朋友吃了烤鱼，烤鱼太咸太辣，他和女友都喝了很多啤酒，临睡又喝了大量的饮料和水。女友喝多了起夜，发现床铺湿了，一时连她都迷惑是不是她自己尿床了。如果我是王红星，我可能哈哈大笑就承认喝多发大水了，但是，王红星可能受伤太多，神经太纤细。二来彼此裸睡，他也有机会否认，他说，也可能是半夜喝矿泉水洒了。他竟然不认账。结果，两人都认真了，从夜半吵到天明。太阳出来的时候，他们就正式分手了。那个女友，是王卫国最满意的一个，直接和间接地通过他儿子送了她不少贵重礼物，爱马仕小方巾啊，羊脂玉挂件啊，什么LV包啊，凯撒酒店的游泳健身年卡呀！美静不乐意没有订婚就这样出手，又鄙薄人家女孩单眼皮，把自己儿子夸得超过韩国影星某某某。王卫国没有打击美静说有史以来你都比我丑，而是说，那点礼物算什么，别说她家的水泥生意比我们企业大，就她父亲拥有的紫金矿业原始股票，就够你儿子过好几辈子了。

但是，他们分手了，因为该死的尿床。王卫国多次试图让王红星主动找女孩和好。王红星拒绝。王卫国就一直打探分手原因，王红星就是不说。但是，王红星居然信任了美静，在美静的好奇关心下，说了真实原因。他交代不要告诉老爸。但一天都不到，王卫国就知道了。王卫国咬牙切齿：这么蠢的事！根本就不该发生！这么大的人了，临睡饮水，就没有一点自控力吗？再说，既成事实，为什么不说实话？就承认你脊柱隐裂，偶尔引发尿床又怎么样？为什么不说真话？！为什么要否认还撒谎？别说女孩子，换谁都看不起你！活该！

痛入骨髓地骂完，王卫国还是劝儿子去道歉和好。王红星依然我行我素。要承认，王红星大学毕业后，是硬气了一些，自尊与自卑奇怪地扭曲。王卫国越劝阻，王红星就越拒绝，直到王卫国厉声怒吼：蠢货！给你金饭碗你也只会讨饭！

——至此，那段恋情就算翻过去了。

王红星的离去，我既意外又不意外。

那个冬日元宵的早晨，隔壁小区不知道为什么一直在舞狮子，鼓点打得咚锵咚锵，非常烦人。美静也一直唠叨，不是晚上就有花灯了嘛，吵什么吵啊，神经病一样。那天中午，我们一家要宴请外地两个重要的客人，他们是两家人，加上我们一家，等于是三家人一起聚会了。其中一个人是王卫国过去的战友，下海经商后，也非常成功。他们两家人一起在温泉岛度了春节，回程先过来看望我们家，也和王卫国聊一些合作。他们是下午四点的飞机，所以，那天也算是为他们饯行，王卫国订了最有特色的高档酒家。大家都到得很早，一起在套房大包间的外厅品茶。那个

083

战友老板，好像姓刘，我记不大准。他就问王红星是不是还在那个制氧厂。王卫国说，早就不干了。那个刘老板就说，那以后帮你爸做我们这个项目。王卫国说，要他做，我还得给他配五个助手。大家觉得是幽默，就一起大笑。刘老板说，红星还在写小说吗？听说写剧本才赚钱，现在影视圈大热。老王以后我们赚够了，也弄个电影拍拍，至少认识几个女明星啊。另外一家人的姑娘很活泼，说，好呀好呀，写个乱伦又凶杀的，我要当女主角！刘老板哈哈大笑：红星啊，那就等你的剧本啦！

王红星腼腆摇头，礼貌地说，小说和剧本不一样。王卫国说，拉倒吧，等他的剧本，黄花菜都凉了！昨晚我还在叫他考公务员去！他那块料，能安安稳稳过好日子就不错啦！今年我们这儿招考的公务员，都是不错的单位……

我考不上，也不想考。王红星说。

工厂太无聊，公司太辛苦，生意你不会做，公务员你考不上。那你说，你想干什么？

我没什么要求。我生活很简单。

怎么个简单法？噢就你昨晚说的，开个洒水车浇浇行道树？然后，写点小说、写点诗？

王红星显然是被王卫国的嘲讽语气激怒了，他也很窘，因为客人这么多，一下子僵场了，大家都看着他。我事后估计，如果不是有客人，他可能也就和平时一样，默默忍了。但他一下子站了起来，脸色惨白。他舔了一下嘴唇，似乎没有准备好怎么说。我伸手拉他，他甩开我的手，又舔了一下嘴唇，才说，你别管我怎么活，无论写不写小说，我都不考公务员。再好的单位，我也不考——我讨厌公务员！

不考？好啊！那你告诉大家，你毕业这么多年了，除了跳槽，你干好过什么？跳来跳去，一无所成，你是要啃老过活吗？我得养着你写小说是吧，行，那你就去写那些永远发表不了的无聊小说吧！

我绝对不啃老，我也——绝对不考公务员！

王红星的声音在令我熟悉地发颤，他应该是害怕哭出来，他转身就往外走。

美静连忙伸手拽他，我也站了起来。王卫国一拍桌子：滚！让他滚！滚得越远越好！有本事，就别回来！有种你就给我死在外面！

王红星用力挣开了我和美静的手，急步走了出去。

——快滚！永远别让我看到你！王卫国追着吼。我已经追了出去，身后传来越来越含糊的惊呼：老王！老王！你跟年轻人怄什么气！最后，一声茶杯摔地的破碎声音又追到了我耳朵。当然是王卫国，这个暴君，在这么多客人面前，他因为权威被触犯，狂暴失控了。

我没有追到王红星。酒店外，站在龙年元宵日的空旷街头，我茫然四顾。中午的十字街头，车人稀少，看不到一个像王红星的身影。那时我还不知道，我再也没能找到他。家里什么东西都没有少，他就那样失踪了。一下子就音信全无。单位不见人，电话打不通，同学朋友一问都茫然，他彻彻底底地消失在我们的生活之外。睹物思人，美静禁不住嘀哩咕噜：他什么也没有带啊，连替换的袜子都没有？衣服脏了怎么办？唉，也不知道他身上钱够不够，他会住哪里呢？这样的阴冷雨天，他很怕冷的……随着时间一天天流逝，美静依然坚持奔向每一阵门铃声，以为它

085

能带来她儿子。她还多次去派出所报过案什么的,说,有人在沃尔玛超市和火车站的斑马线上,看到一个人很像王红星,但辖区警察说那个点的监控坏了很久了;她还时不时去儿子最后的那个单位打听,回家就汇报,什么单位那边还是一点消息都没有啊,他根本没有去领过工资……唉,现在也没有女朋友可问了……万一……唉,卫国,还记得吧,他小时候最喜欢画死神什么的,你说会不会孩子真的想不开……

美静细水长流的碎碎念,在王卫国一个大力摔杯的动作后,戛然而止。王卫国一字一句地说:闭嘴!他没那个胆……

又过了四五个月,两本北方的杂志寄到了我们家,写王红星收。我打开一看,里面刊有署名"阿敢心"的小说《茑萝》。小说基本没有改动,和我多年前看过的文稿一样,因为我永远记得那个开头:

  花都是在意树的,因为树牵着它,来到了世界
  只是有的花,和树想法一致,它们为树还留下了种子
  但有的花,它心里没有果实,它一生的故事——就是花开花谢
  它愿意啊,在空虚里开
  它愿意啊,在虚空里谢
  狂风暴雨或其他意外,它也愿意
  本来,它就没有行程也没有行李

我沉潜着报复的快感,把杂志翻到《茑萝》,拿给王卫国看。

他翻了翻，呵呵笑了。看得出他是喜悦的，甚至有无耻的神气活现，好像是他自己的成就，或者，是儿子给他的献礼。总之我不确切是儿子的信息本身，还是儿子的印成铅字的成就，让他的脸上出现好看的润泽光亮。他把《茑萝》的页码集中起来，各个角度提着看：厉害厉害，是他寄给我们看的吧，好，算他厉害。只是这稿费能有几块钱？让他马上回来，老爸双倍奖励！请客祝贺！

　　我告诉他，不是王红星寄的，是杂志社寄的样刊。

　　王卫国呆怔了两秒，脸上的光华顿失。他重新拿起刚才看了一半的报纸，不再说什么。我妈美静进门，自然是自我沸腾，拿杂志左贴脸右贴脸，然后起舞，就像是贴着儿子跳舞，她兀自载歌载舞了好一阵，才迟钝地感觉王卫国、我，都和她心境不合拍。她双手举着杂志，用兴冲冲的夸张动作，往王卫国的报纸上一放——我就说嘛卫国！看看你看看！我儿子就是作家！他从小就是！还说什么他作文差劲，现在你服不服？显然她想激励王卫国和她热烈畅想，但王卫国把杂志一把推开，说了一句：他的路还长呢！

　　王卫国恢复了冷静。但是，我注意到，之后的很长时间，我都在他的床头、他常坐的按摩椅上，看到那本杂志。我看到《茑萝》的第一页，已经有了记忆——被不断打开或长久打开的记忆，你随时拿起杂志一抖，那一页就自动出现了。每一次它自动打开的那一页，我就会扫一眼那个开头，而我的眼泪不是漫堤、炙烫着眼睛，就是直接跌落：

　　　　花都是在意树的，因为树牵着它，来到了世界
　　　　　只是有的花，和树想法一致，它们为树还留下了
种子

但有的花，它心里没有果实，它一生的故事——就是花开花谢
　　它愿意啊，在空虚里开
　　它愿意啊，在虚空里谢
　　狂风暴雨或其他意外，它也愿意
　　本来，它就没有行程也没有行李

我的家，静悄悄。
王红星你在哪儿呢？那个花，还开着吗？

十五

接下来，就是我一个人的战斗了。严谨地说，也不是战斗，而是爱情和魔障同生。粗略概括一下：王红星失踪了九个月后，光辉老师提出借别墅，人们都看见了我的支持态度；再过了一年多，我们家迁居宣木瓜别墅。我们市区的原住房，被改造为光辉和阿梨老师的"三角梅心理工作坊"；又过了八个月，我和光辉老师结婚。婚房就在宣木瓜别墅二楼。

这是一段看上去很美的生活曲线，是王红星、是王卫国，也是美静和我共同创造的，更是光辉老师创造的。我已经在家里宣布，非他不嫁。失踪的、杳无音信的王红星，当然是个潜在的威慑力；而父母也看到了他家年近三十岁的老姑娘，因为爱，焕发出的奇异生机。我开始跑步、做瑜伽、练普拉提；我化妆、美甲，还开始追求时尚衣饰；我第一次在公司，对刁蛮的销售总管，以雷霆之姿拒绝做PPT的更改；我还对吹毛求疵、小题大做的财务主管拍桌怒吼；我渐渐锐不可当，执念坚如磐石。大概是在王红星失踪一年时，我的体重一下子变成五十二公斤，高挑挺拔。减去的不是二十斤肥肉，而是一个痴肥卑微的丑姑娘，减去的是过往所有的猥琐与怯懦，就像从肮脏的虫茧中忽然起飞的白蝴蝶。我扔掉了美静和王红星所有的旧衣服。我目光坚定、举止飒爽，外婆的幽灵，鬼火般跳荡在王卫国真传的姿容体态间。有时候我看王卫国偷偷端详我的欣慰目光，感觉就像抱错的孩子终于还回来了。他甚至无言地接受我涂着黑红色的口红与指甲油。我自己看镜子，瘦下来的我，的确像他，肩平背直腿长，偏短的脖子，是我们父女共同的缺点，但我们共同拥有的立体感五官、利落俊美的下颌线条和肩部线条，完全掩盖了它。很多人对此困惑，但更多的是回避我不可思议的冷峻锋芒。我横生出王卫国式的金属感，逼迫人也令人敬重三分。王卫国、我妈美静、光辉老师，还有更多的人，都以为是光辉老师的爱与滋润，让我蜕变，只有我自己知道，那只是被解冻的我外婆的幽灵，重新归来。

必须说明的是，光辉老师不动声色的运作，至关重要。他人畜无害的共情感、同理心，撒网无痕，远远超过我们全家四口的合力。王卫国从骨子里不认可光辉老师。他说，我并不古板，大你十多岁、二婚、有孩子，这都不是问题，而是——我不看好他的人品！王卫国倒真是很在乎所谓人品的人。那次，诸葛大林、毕老板等几个他的老友，在我们正式入住宣木瓜别墅新居、亲朋好友来"踩地板"的祝贺期间，他们几个在院子里喝茶，我给他们送打火机离去的时候，听到一耳朵王卫国的感叹：大意是自己教子无方，唯一欣慰的是，两个孩子人品还不错。王卫国说，用错误的方法做错误的事，可悲；用错误的方法做正确的事，可怜；用正确的方法做正确的事，可敬；用正确的方法做错误的事，可恶，而这是最不可预防的人。

我说我看到的是上进的艰难。我说你知不知道中国有句话叫：仓廪实而知礼节，衣食足而知荣辱？外国也有一句话，我说，一本著名小说里打头的话：每逢你想要批评任何人的时候，你就记住，这个世界上所有的人，并不是个个都有过你的那些优越条件。

我能感到在王卫国的脸皮下，横肉起伏。我想那时我大概就和一个家庭内奸差不多。他无法假装没有听见我的话，他满腔的怒火又需要爆发，但他已经开始意识到要顾及我的情绪。所以，他给了自己点一支烟的时间，还故意慢悠悠地深吸了两口，然后，他说——他说得一脸平静——他说，是啊，这样得建议修改法律：年收入不足一只猪价的，杀人越货都可以从轻、减轻处罚了。他居然笑了一下，这倒是王卫国百年一遇的幽默。但只有我知道，他是用了多大的毅力，在狠狠地抑制自己刻骨的蔑视与愤怒。他根本不认同我转述的那些中国话、外国话。他只是拼命忍住了对我的暴力反击。我当然知道，他的金属意志从来都是常人难改的，他对光辉老师的成见，让他寸步不让：我告诉你孩子，在生意场上，一个连助学贷款都不还的人，别说合作，我连招小工都不要！别跟我说，等我一年收入一万只猪，我就还你那只猪钱。用你诸葛伯伯的话就是——不能把女儿往火坑里推！

王卫国看起来多么意志坚定、精明犀利，准备得又多么充分，人事认知多么深刻，但和光辉老师一过招，高下立判。王卫国的强硬狭隘，与光辉老师的柔软宽厚相比，显得执拗而低级了。他们的力量级别，完全不在一个档次。实际上，现在回头看，光辉老师每一个回合，都是漂亮赢家，最致命的是，自以为洞察力过人的王卫国，根本没有觉察到，他一出招，就已经败北。

市妇联、市文明办与城市大学联合主办的《走向成熟人生》的系列讲座活动,各路专家荟萃,据说,光辉老师的讲座,为心理界赢得了最高分。我想如果没有它,我的婚事还会处于胶着状态。光辉老师开讲的那个周日,我在公司赶项目加班去不了。光辉老师还是向我们一家三口,发出了郑重邀请。王卫国不去。美静的态度是,卫国去她就去。我当然知道光辉老师多么希望王卫国去。他不去,光辉老师就白讲了。

我就那么看了王卫国一眼。

王卫国也看了我一眼,然后几近做作地怜爱叹息,他说,好吧,为了丫头,去。

也许是我的错觉,我觉得自从我的野性渐露端倪,王卫国似乎就越来越在意我的脸色。这个感觉很微妙,趋附?呵护?讨好?也许我判断不准,但是,那种显然危及他自尊的反常的宽容与奉承,确实有点让我产生很不适的被逢迎感。我有点蔑视也感到一些温暖。当然,不要忘了王红星失踪的力量,他已经成为王卫国头顶上一把看不见的悬剑。这就是我们家的新制衡。

光辉老师的讲座主题"穿上你的皮鞋"是旧的,光辉老师谦虚地说,是拾人牙慧。他坦诚道这是他督导的督导,最早做过的一个课程内容。那个大督导是早年中德班的精英,复姓,叫欧阳翙心什么的,据说在国内心理学界名气不小。不过,光辉老师的落地表达非常接地气,素材丰富、细节生动,很有感染力。他居然举了几个我们王家的正面例子:比如,父亲的戒烟毅力、熬夜守护病孩;怎么为孩子剥石榴和山核桃仁;还有因为俩孩子爱吃,怎么求泰国厨师传授咖喱蟹秘籍,而那个细腻的父亲,并不是家庭主妇,而是企业成功人士,事业做得风生水起——这一段的主题是：父母拳拳爱子之心是感人的，但仅仅是物质层面的付出，还远远不够。然后，是负面例子，这就不是我们王家的了。但很典型，比如一个孩子在学校成为盗窃嫌疑人，班主任也怀疑是他偷钱。被学校叫来的怒气冲冲的父母，一见孩子，二话不说，劈头盖脸地连甩孩子几个耳光，根本不听孩子解释，他们着急地表达连带的羞耻感。结果，那个孩子借口上厕所，从楼上直接跳了下去，当场死亡。而那个真正偷钱的女同学吓得大哭。真相大白，而逝去的少年已不可追——光辉老师总结说，很多时候，我们都是以生命的代价在成长。那个跳楼的无助少年，本来父母的信任是他最后的依靠，但父母推开了他——要知道，不管发生什么情况，父母首先应该是孩子的有力靠山，理解他帮助他，一起面对压力走出困境。但是，很多做父母的，宁愿讨好大局、顺从权威的意见，毫不质疑地选边站队，把孩子推向深渊，就像弹掉自己身上的垃圾。

讲到这里，掌声雷动。美静添油加醋地渲染：楚老师的讲座，不断引起雷鸣般的掌声，难怪晚报的记者报道说，心理讲堂课这边最精彩，时不时地就有电光石火般的爆棚场面。

光辉老师对我们家的负面底牌一清二楚，但是，他一点都不涉及。反过来，他善解人意地给了那些亲子关系紧张、却无力改正的父母——以实事求是的心理慰藉。他是针对王卫国的。因为那一天讲座的副标题是——接纳，走向新的人生。

孩子，你是否成长到——有了原谅父母的情怀？这思路太中王卫国、美静等父母们的下怀了。他们听着听着，就像刑满释放的罪人。美静说，你爸全程兴奋，说，楚老师成熟。

胖胖的、熊猫一样的光辉老师，充满狐狸的智慧。讲座中，在温暖亲情的小故事里,巧妙穿插了许多剥洋葱式的心理启示。他就像举着真相之灯,一边照亮孩子被遮蔽的无助与痛苦,一边又让父母敞开——照亮并让孩子们看见父母的爱与牵挂。其中一个小故事说,有个被原生家庭重重伤害的女大学生,因为意见冲突,她对千里迢迢来看望她的父母怒喊:这辈子,我最后悔的就是成为你们的女儿!第二天,她一起床,就看见父母已经默默地收拾好行李准备离去。女孩站到了父亲跟前,父母的黯然别离令她难过,但同样令她愤怒。不知所措的父亲声音颤抖地告别:……孩子……我不知道我们到底错在哪里,我们的教育方法可能不对,水平低了,但你是我们的命,我们……真的很爱你啊……

美静说,就是那一下子,你爸眼眶红了。后来他掏出手机开始录音。

王卫国很兴奋,我下班一回家就急着给我听录音,我随便摁了几段,光辉老师带着感冒式的鼻音,就在我们客厅里略微嘈杂地响起:

……从小我们就把父母当成神,可是,如果你看过很多神话故事,就会发现,神也常常是混乱、迷惑、不成熟的呀!(场上骤起很多意会的笑声)

……子女最重要的义务,不是原谅父母,而是接受在那个父母影响下长大的自己,承认自己是不完美的人类之子,接纳你父母所给予的、无论是正面还是负面影响的自己——这就是成熟。无论我是勇敢的、胆怯的、自信的、狂妄的、敏感的、迟钝的、阳光的、阴郁的、悲观的、乐观的。这个家庭,这个成长的全部生命环节,你都要接纳。当你接纳自己是不完美产物的自己时,对家庭的怨怼,也就减轻了。记住:我们无法决定我们将遭

遇什么，但我们可以决定，这些遭遇于我们的生命意义。（掌声热烈）

……原生家庭对人格有着巨大影响，但是，如果你把一切不顺利，都归因于原生家庭，也就把我们从生活的承担者和决定者，变成了无辜的受害者，以致我们很容易忽略，这些行为背后隐藏的，极少是极端可恶的父母，更多的是——有着各种缺陷的普通父母。

……改变过去，是一件永远也不会成功的事。即使那些来自父母的伤害确确实实存在过。那么接下来，我们要做的，不是逃避、抱怨，而只能是面对它、化解它，然后，接纳它。

……是的，我们不能给整条路铺上牛皮，但是，我们可以给自己穿上皮鞋。（掌声雷动）

……

王卫国的亢奋持续了很久，他说，这个，你帮我留给你哥听。

我没有发表感言，也不想和王卫国交流。这个罪人。这个企图越狱的罪人！我知道他在观察我，在期待对他宣布的"刑满释放"。但是，我就不接茬儿，我走进了浴室。我吹头发的空隙，他大声地告诉我说我们公司的大老板老魏，交代手下要给我调整岗位了，说我和他前两次见到的完全不一样，"意气风发"还"富有创见"。

我却大声告诉王卫国，我准备辞职了。王卫国没有像我以为的那样粗暴反对。他沉吟了一会儿，说，你这么想，肯定有你的理由。我尊重你的选择。

这是不是光辉老师的魔力在延续？这魔法是温暖的。它没有清晰的脉络，但它激发、催生着理解力与耐心。它是一个新的，就在我们身边的世界。是的，各种家庭、各种角色的亲人们，不一定都能达成和解，步入协调之境，但是，他们开始生长出警惕遮蔽的自省，试着进行敞开的、让爱被看见的努力。他们知道，只要努力，就能一起打开新世界的大门。

王卫国说，如果，你愿意帮助我做仓储物流这一块，我也很高兴啊。我想钻研书法了。

我大声回应：这些年，我累了。我就像一块霉豆腐，生活在一个垃圾井里。我想休息一下了，什么也不想，我就想晒晒太阳。

没问题。王卫国说。你会越来越好的。没问题，孩子。

半年后，我和光辉老师结婚了。我们得到了父母的慷慨祝福。

我赢了，王红星赢了，光辉老师彻底赢了。

十六

我们入住了宣木瓜别墅。这么多年来来去去，我第一次感到，原来和光水库的空气，真的清如泉水，日落日出，每日晨昏都是由新鲜树木和野草野风送来的山林气息，还有水库上清冽的水汽组成的干净空气。呼与吸，在和光水库，成为沁人心脾的美好享受。好日子来了。要是王红星也在，那就太圆满了。

当时，王卫国不借别墅，也不同意"三角梅心理工作坊"借用我们岱纹区的学区房旧屋。后来，光辉老师与合伙人阿梨亲自上门，并宴请我们一家吃饭。光辉老师说，他在我们小区外的那个区卫健委弄的心理服务中心，经过多年的耕耘，积累了不少人气，已经被服务中心的继任摘了许多桃子；而华侨别墅顶楼合约中断后，工作坊因为没有稳定的场所，又将流失很多客人，非常可惜；阿梨说，她儿子马上高考，母亲又得老年痴呆了。如果她能保持在二中附近区域工作，照顾起家人会方便许多；美静呢，在十多年的老屋子住出了深厚感情，她觉得我们小区附近的第七市场，是全市最好的菜市场，便宜、新鲜、品种多，每个菜贩子都把她当亲人。如果，工作坊设在旧家，而不是给外人租用，就等于自己还没有搬家，随时过来就可以看看朋友买买菜，挺好。

王卫国说，天下好房子这么多，为什么非得和我们家夹缠不清？要不别墅，要不老市区房。我哪里需要入那个什么股。再说，租就租借就借，白纸黑字亲兄弟明算账，这合作算什么事？我不需要。我这学区房很好出租啊，哎，他们这是干什么呢？

王卫国看我。我也知道我就是"将军"的"兵卒"。我偏不后退，我说，人家就是不好意思说，请王老板雪中送炭嘛！

王卫国瞪了我一眼，对我"吃里扒外"的怨愤他没有表达，他咬牙忍着。我妈美静的确是他猪一样的队友，她说，卫国，你又不缺那几千租金。她说，万一工作坊成功了，肯定回报比租金高。她说，我家这么好的房子，让别人住得脏兮兮的，还怎么回来用呢！她说，再说，万一王红星回来要结婚，这个四房二厅，重新装修一下就非常好。

王卫国四面楚歌。

讲座之后，王卫国全面同意大家的意见：以房租形式，入股"三角梅心理工作坊"。但王卫国，真不是那种把好事做美的大格局之人。骨子里，他就是锱铢必较的精明商人。结婚的时候，他背着我问我妈美静：那楚老师有没有说过，前年他借你们俩的两笔二十多万炒股钱，什么时候还？美静转述的时候，看出我脸色不好看，就说，你不要不高兴，别人家嫁女儿，男家都要拿很多聘金来的。楚老师拿不出一分钱，你爸也没有计较这个，但问我们老账，也是情理之中的。

我很不高兴，说，他不知道，难道你也不知道光辉的老爸住院两年多，是欠了一身债才死的？你不知道他家那个被人骗的弟弟，因为茶叶诈骗案还在蹲监狱？我就不明白，你们不缺那个钱，人家这么可怜，你们为什么还这么为富不仁？又不是卖女儿！

你爸爸主要是觉得连欠条都没有……

没有就没有！现在不是一家人了嘛！谁用不是用！老爸要敢问我，我就会反问他，你要逼着你女婿血淋淋地割肉还钱吗？你是要把儿女都逼走逼死才满意吗？！

也许王卫国感到老境将至了，也许他真的对亲子关系有了更深入的认识。虽然他还有粗暴张狂的用语与表情，但那显然是维持自尊的最后一点惯性。我们婚后，他经常与光辉老师在阳台喝茶聊天，看水库夕阳，那眼神里再也没有我痛恨的自以为是。甚至有一天，我在二楼越过他日渐谢顶的头，看向他们翁婿，心中竟然一阵幽微的酸楚，因为我还看到了王卫国目光里出现了一丝小学生一样的谦卑。而人到中年的光辉老师，更加意气风发、雍容自得。看起来，王卫国反而更像外来的女婿，或者说，光辉老师比他更像主人。事实上，气场的确是在悄悄转换，我在家里进出活动，经常能感到有目光在迎送我，我一扭头，目光就消失了。是的，当然不是无脑的美静，是那个比一般男人、一般女人的感受都更加细腻的王卫国。

我们从胜利走向胜利。我们正在成为生活的主宰。我用"我们"，不一定都是指我和光辉老师，我自己也是很久才意识到，我的"我们"经常是指我和王红星，就是我们兄妹俩。这是非常奇怪的感觉。我们得到了光辉老师；我们的"三角梅心理工作坊"得到了老市区的四房二厅；我和我们的光辉老师终于结婚了；我们的光辉老师就像白捡了一个大姑娘；王卫国和美静，越来越爱护、越来越包容地接受了我们。

我们的婚房在二楼，爸爸妈妈依然在一楼大南屋。一楼的客房边，还有间北屋，住着来娣，她是当地一个农家大婶。很会走山路，我们住水库别墅后，请她过来做饭，搞卫生。她煮菜不怎么样，她更喜欢种菜。她脾气好，爱干净。光辉老师对她非常礼貌、客气，有时下班还给她带点小点心或打包的可口剩菜。王卫国涉嫌谄媚地对我夸赞夫婿：细节就是为人啊，这就是素养。

　　有素养的光辉老师，在婚房里就未必了。他的放浪坚定，让孤陋寡闻的我吃惊而新奇。他不时放纵强悍危险的刀锋感，在老姑娘提心屏气千钧一发的时候，一切又春风化雨、仙境重来。没想到这个普通胖子这么有床上功夫。他说，他吃大亏了，这么好的天赋，不仅没有占到便宜，却成了倒插门。我说，你还没有占到便宜呀？！如果，我不是心理变态童年病，我只会把你当垃圾！一脚踢开！

　　来来，你一脚踢开，来！来！我的小垃圾桶！

　　这个甜蜜的生活，蜜月之后就转淡了。大转折点应该是我婆婆来了以后。我婆婆是一个淘气的女人，六十七岁的人了，一身蛮力，挤上公交车时，竟然把一个四十多岁的女人狠狠推倒。那个女人也是命薄，后脑勺儿着地，而且地上还有一个旧公交牌没有拆干净的角铁。她在到医院的路上就死了。那女人的孩子还在读大学。那一阵子，光辉老师气急败坏，找了各种关系，尽力图求免责、减责，最后还是赔了二十万和解。婆婆家里没有钱，她丈夫是搞得家里负债累累才心犹不甘死掉的，小儿子还在监狱里。那当然只有靠光辉老师了。光辉老师在婚房里悄悄问我，家里有没有可能再接济他十八万。当然，也许你有魅力，让爸爸帮助我们出全额最好了。光辉老师自感无助地微笑，并以手遮掩表示害羞。我说，最好别再向我爸妈开口借钱。我私房钱可以再给你十万。其他我也没有了。

私房钱你不留着吗？自己买点口红也好。其实，道上的人都说，你爸虽然半退休，但是，他原先投资的项目，一直很稳定，后来的仓储物流更是顺应时势，非常赚钱啊！我估计百八十万，对他都是毛毛雨。可惜他不听我的建议，不愿让我帮他炒点股票，错过了一波很好的行情。有天晚上，我无意中听了他一个电话，好像他朋友公司上市的原始股票，你爸买了相当多，对方在恭喜他。

你偷听我爸电话？

至于嘛，他不知道我在院子的凉椅上躺着，可能被宣木瓜枝叶挡住了，他走出院子到我附近接电话，我又不好起身吓着他。再说，都是自己家人，我也没有当他是想回避我们。对吧，很自然的。

我没有点头，但也觉得有道理。同时我想到王卫国曾在电话里跟谁说过现金流紧张的问题，所以，我再次打消光辉老师的念头。光辉老师沉吟着，说，要不，还是你去试试？我不出面好了，其实，我能感到他还不怎么信任我，也许还防着我。所以你就说——我不让你跟爸爸借，就说是你自己的意思。我在外面吃力筹款。我估计他现在会对你言听计从。你就让他先借我二十万，不行，十八万也行，当然，最好是全额了——就看他的现场反应。总之，你一定要让他相信，这样的雪中送炭，我楚光辉一定感恩在心涌泉相报的。他毕竟也就你一个女儿，我这一个半子。

算了吧，王卫国始终牢记你没有还婚前借我们的二十多万炒股钱。我敢肯定，他一毛不拔——近距离生活这么久了，你还不能感觉到王卫国心细如发的狠吗？再说，我也不愿意开这个口。他有钱是他的，跟我们没有关系。

这不是一时急着筹钱嘛！

我出钱，王卫国出钱，那你不就没一分钱的事了？我就不明白，工作坊也这么久了，又没有房租压力，几乎没有成本，家里吃喝用度没有要我们一分钱，为什么你还是这么穷？

你问问阿梨，就知道我们赚没赚。昨天，那个前台助手，因为没有加班费，又在闹辞职。工作室租金是没有，但水费、电费、物业费、停车费也是我们在缴啊！你知道的，上个月督导带妻子孩子过来休假，这些接待也是钱啊！你没搞过独自经营，不理解开门就是钱的压力。

我没有向王卫国开口。前面的二十二万欠款还没回来，我不想自取其辱。我当时对王卫国说，已经是一家人了，谁用不是用！那样的冲天豪气，说得痛快但想深了终究有点不踏实。这里面还是有点什么不对头的东西。我也知道，现在，我不时能感到王卫国在注意我，但显然，他并不愿意让我注意到他的注意，他总是掉头或低头吸烟。有时我想，他也许正被内疚折磨着吧，但有时我又觉得他在冷眼审查我幸福生活的破绽。没错，美静现在也明显不那么喜欢光辉老师了，也许成了一家人，近距离的生活，让崇拜感消失殆尽。相反，光辉老师在经济方面的糊涂与艰难，和她"亲兄弟明算账"的丈夫王卫国，的确形成了强烈反差。也许，他们老两口天天在说光辉老师的坏话，反正我妈美静几乎不再叫楚老师，而是直呼其名——光辉呢，叫他下来吃饭；——三请四请的，小楚，汤都凉了！

出于自尊、出于防范，也出于和王卫国一样的倨傲，我没有向王卫国开口要钱。

但我厚着脸皮，在我的旧同事那里，为光辉老师借了七万。她先生是做对外贸易的，她也知道我父亲是有钱人。虽然我辞职了，但我们偶尔会一起约去练普拉提，然后一起吃个饭。加上私房钱，我给了光辉老师十七万赔偿款。

我也有数，王卫国知道这事也未必肯借，万一肯了，他一定会"先小人后君子"地索要白纸黑字的借据。但没想到的是，我婆婆到我家的家政工资，他竟然同意给付。是这样的：光辉老师不放心她母亲一个人在家，说她有胆囊结石，也怕她一个人又淘气闯祸，所以，建议要不让她过来照顾我们家，她力气大，身体很好，干脆把来娣辞了算了。美静虽然小气，但是，非常不愿意和什么亲家一起住。当时，王卫国阴沉而绝望地看着我。他太在意我了。凡是敌人反对的，我们都要拥护。我沉默着，一时不知道是不是要再次实施打击。我本能地不想接纳婆婆进入我家。光辉老师就说，要不，就算雇用吧。工资可以比来娣少一点儿，但是呢，有薪水就避免了尴尬，使之成为一份工作，师出有名，对谁都好。我呢，也算是尽了孝心，能够安心工作。

看到我一直不吭气，王卫国说，这样吧，就算红朵每月孝敬亲家五百元，每月给。但这边呢，来娣干得好好的，辞掉人家没有道理。

谢谢爸爸！光辉老师拱手，说，其实，说真的，我觉得还是自己家人比较放心。我们家楼上楼下这么大，上次我突然上楼，看到来娣在翻我们卧室抽屉，一看到我马上关上，看得我很不安。像红朵这样乱扔东西，说真的，丢了什么我们也未必及时发现，就是发现了你也不好说，比如，我有一支会议纪念金笔，就一直找不到——当然，也可能是我自己丢在哪里了。但我总想，我们没有看到的时候，她在干什么呢？她家就在水库下面，很近，要搬什么东西走，我们家根本发现不了。

光辉老师说得美静很紧张。她也是有毛病的人，家里什么东西找不到，她的第一反应就是来娣拿走了？连个破电吹风都怀疑。王卫国还是看着我，他时不时地在看我。我心里熟悉的酸楚感又轻微地泛了上来，他在看我脸色。我不知道为什么，我真的是个恶魔，他渐失锋芒的妥协目光，总是让我酸楚，而这酸楚又总是更加激怒我。我恨他那个妥协后面的骄傲之心。

美静说，我还是不习惯啊，亲家来当保姆？怎么说都很怪，传出去……

我一锤定音：让我婆婆来吧！叫来娣走。我们毕竟是一家人。

王卫国沉默着。我挑衅性地盯着他，他起身摁灭烟头走了出去。他没有表情地离开了讨论区，我知道这就是通过，因为，要是反对，王卫国一定会表达出来的。没错，他让步了，这个傲气逼人的老家伙，再次屈服于我。之后，他多给了来娣一个月薪水补偿她，再之后，我婆婆欢声入住，王卫国给了她和来娣一样多的工资。我婆婆很意外，拿着钱咯咯笑着，像一只唱蛋的母鸡：哎呀！哎呀！见外了见外了！我有的是力气，不用也是浪费。哎呀！哎呀呀！

十七

王卫国没有死之前，我就经常反思：如果不是我婆婆进入我们的别墅生活，是不是美静就不会死，我也不会眼睛失明。没有人可以和我一起分析琢磨我的新生活的得失，如果王红星在，我们一定可以聊，我甚至想，我哥哥在，也许命运的地图，就不是这样的走势吧。

以前的小长假，我们会一家四口一起外出，光辉老师或王卫国开车，来娣会替我们看家。那个小长假，光辉老师建议去黑嫲山渔村，说那里非常原生态，还没有被游客污染到。他去过几次，感觉非常好，路途三个小时不到。我们都以为我婆婆会和我们一起去，因为毕竟是放假，她又是亲家身份。我婆婆也兴高采烈，翻找出了一条大红丝巾，问我拍照是不是很好看。但光辉老师后来说不用，她会晕车。而且，接近三个小时的行程，后排坐三个人太挤。我妈美静还是坚持邀亲家去，王卫国也奇怪地劝。但光辉老师还是笑着替我婆婆谢绝，说，本来就挤，再有人呕吐，会很够呛。

王卫国说，要不我找朋友换个七座面包车吧。

光辉老师说，那这样吧，让我妈自己定，她不难受就行。

那天晚上，我妈美静在卫生间叫住我，鬼祟地压低喉咙：你爸的茅台酒已经少了两瓶了，还是劝你婆婆一起去休假吧。

什么意思?!这有什么关系？我大叫起来，美静连忙捂住我的嘴。我说你们这么好心！神经病！我非常愤怒，声音还是很大，你们永远疑神疑鬼，好像你们家是皇宫！

嘘……美静吓得缩起脖子，一脸天地良心的冤情。她说：不是我疑神疑鬼啊，你爸爸有数，他是要送朋友的。

万一他记错了呢？我依然质疑，其实，我心里也有点不舒服了，因为，从小到大，王卫国精明过人，这样的差错，于他，几乎就是零概率。那时，茅台一瓶四千多吧。

会不会是……来娣？我说。

酒是来娣走之后买的。我妈美静看我无语，又追了一句：洗衣服忘掏裤子口袋里的钱啊什么的，现在也丢，来娣以前会拿出来交给我，或者直接贴在洗衣房墙上，现在……算了算了，其他我就不说了，免得你又骂我们。

没想到，第二天，我婆婆主动跟我们说，她不去了，她妹妹妹夫一家，约她一起去普陀寺烧香拜佛，她就不去了。

王卫国说，那你放假吧，我们正好一路送你回家，等我们回来再来接你上山。

我婆婆说，拜拜就半天，晚上她自己坐公交车过来。你们回来的时候，干干净净，正好有热菜热饭。我爸我妈齐声说不用不用！你好好休息！

光辉老师笑眯眯地说，一家人就不要客气了。

黑嫲山岛比黑嫲山渔村还偏僻，它的沙滩，就像公海一样雪白,海水清澈见底。我居然还捡到了一个鱼骨贝壳,一根刺尖都没有断,非常完整漂亮。原计划是住两夜三天的,但是,王卫国说,云南有个合作伙伴过来了,有项目要谈,所以,次日下午一定要赶回家。我很喜欢那海角天涯、天地无人的感觉,没想到王卫国非常坚决,甚至要先开车走,并说之后,会派司机再来接我们两口子。我心里在冷笑,他们就是想赶回家去守护他们的财宝,他们受不了嫌疑人在他们的别墅里,东翻西找放肆偷盗的想象。我以为,光辉老师肯定会同意我们小两口继续休完两天的假,何况民宿的房钱都付了。老爸再叫司机来接,是非常自然的事。可是,光辉老师毫不犹豫地说,一起回吧,以后机会多得很。看我不高兴,光辉老师说,爸爸腰不好,开那么长时间的车会很难受的。走吧,下次我再带你来。

车祸就是在出黑嫲山岛的山口发生的。车子在那个急坡没有拐正,直接冲入灌木林的路坡,往大海悬崖边翻去。驾驶者光辉老师最先被甩出来,脸和肩以及腿部,全部严重擦伤,但筋骨无恙;王卫国在后排,系了安全带,但他的左腿被变形的车子挤压断了;我在副驾座,也系了安全带,安全气囊也弹出了,但我的头不知道撞上什么,昏了过去。乘车时,王卫国一贯会提醒大家系好安全带。那天出发前,一上车,王卫国就叮嘱大家系好安全带。但是,出事前,村庄边有个土厕所,光辉老师说去方便一下,美静想想也去了。她比光辉老师更慢回来,上车后一路抱怨不如服务区的厕所干净,什么根本都踩不下去,陈年老屎、新屎满地,以及刀割一样的臭气,还有有尾巴的灰色蛆子爬上鞋面……她嘀哩咕噜地生动抱怨,王卫国可能就忘了提醒她系安全带。美静在后排,她没有系安全带,她飞出车子,再也没有醒

107

来。后来听当地交警说，那个地点，居于当时事故多发地段的榜首，基层人大代表多年呼吁政府，投资改善那一段路，但是，涉及赔偿什么的，所以很难推进。交警说，如果不是正好有一块岩石挡住翻滚的车子，我们的车就一定直飞大海。光辉老师也说，之前带他们去玩的当地朋友说，有一次就目睹了那里发生的车祸，另外朋友还说，那里经常会看到路边的野草中，一阵阵地，会出现安抚逝者的小蜡烛、纸钱什么的悼念仪式的残余物。当地老百姓说，那一带阴气重，有很多找替死的鬼。

十八

在医院一醒来,我就问为什么这么黑不开灯。没有声音回应我,但我却听到外面有人声,显然不是半夜的感觉,我开始大声喊叫,没有人有反应,我从询问、质问到怒问,都没有人回应我。有只手想放在我肩上,我怒喊——你开灯啊!我挣脱输液吊针,一把跳下床,头痛得很,有点反胃,但我踢打开一切阻拦者,我跳下床乱扑乱抓,我要开灯,我要开门,我要开窗,我要光亮。我在病房中冲撞磕碰,满耳丁零当啷与惊呼声,一个抱住我的女声在我耳边炸雷一样地叫喊:快躺下!你眼睛瞎掉啦!她又喊:赶紧点药变好呀,你不要动!

她是医院护工。我呆若木鸡的时候,她一把把我推抱到病床上。

王卫国本来就是一个沉默少语的人,他左腿带着钢筋回到了家。我比他早出院,医生说我没大碍,视力恢复需要一点时间。光辉老师怕我摔下楼梯,已经和我婆婆,把楼下一间客房布置成了我的房间,它和王卫国的房间,错门而对。是光辉老师接王卫国出院的。我听到汽车进院子的声音,我听到有人洗手的水声,然后，王卫国到了我房间。我看不见他，但是，我在医院的消毒水的气息里，一下子就辨别出那种混合着竹青皮和熟板栗的特殊气息，这是我从小就喜欢闻的爸爸的味道。一轻一重的脚步声，把他送到我床前。我听到并不均匀的呼吸声音。那个呼吸，把父亲更浓重的气息，散发出来。它是好闻的，安神的，但我把脸转向墙壁，我不想闻到它。我感到有手，在试探性地触碰我的头发，我一把打掉。我突起地尖厉叫喊，由于过于用力，字都粘连在一起，几乎听不出我在喊叫什么，大家可能只会听到沙粒在磨刮耳膜。

不是出血块压住视神经吗？！不是说血块吸收了就能恢复视力吗？！不是说眼睛好好的吗——为什么，一个多月了，为什么我什么都看不见！！骗子！骗子！骗子——！

有一双手环抱住我，我闻得出是光辉老师发蜡的气味。

王卫国似乎沉默了很久，他语调非常轻微地说：别担心，孩子，你的眼睛没问题，眼部结构正常，视神经未损，这是多名专家会诊的结果。你会恢复视力的，爸爸保证你一切都好。

——好屁！换你做瞎子试试！我宁愿死！宁愿死！宁愿死啊！

哭喊中，感觉到他又触摸我。于是，我抡起两只胳膊，长臂猿一样飞舞，成功地打到了那只手。它没有躲避，我抓起它就咬，牙齿在它骨膜上打滑，我更加狠命地咬，我恨！我恨这个狡猾的骨膜！我恨！血腥味直冲鼻腔我不松口，它也不躲闪退缩。

我号啕大哭，把被子拉上，盖住了我的头。

我恨不得杀了这个守财奴！他不懂我的仇恨，但肯定明白我的拒绝。

红朵，王卫国说，你自己也听到的，那个眼科专家说，癔症，是现代医学没法儿解释的。比如那个高考女孩，考试前突然看不见了，和你一样，视力反复检查，视力系统一切正常都没有问题，她就是看不见，但高考几个月后，她的视力不就全部恢复了吗？

你——滚——！我在被子里尖叫。

一轻一重的声音，慢慢地出去了。关门声，然后，是对面房间的开门声。

我恨王卫国。要不是他突然改变计划，大车祸怎么会发生？我怎么会成了睁眼瞎？美静又怎么会死掉？他自己也成了需要拐杖的人。他毁了这个家！这是为什么，不就是他自以为是、自作聪明的防人之心吗？一个破酒，害死老婆！害瞎女儿！现在，该他满意了！

我咆哮的时候，光辉老师会捂着我的嘴，或者拥抱我。他基本不说话，作为心理咨询师，他懂得拥抱没有副作用，而语言有。他总是紧紧抱着我，让我宣泄任我疯狂。

王卫国每天都会到我房间，即使他没有声音，我也能闻到他的味道，那个味道会在黑暗的沉默中沉潜、停留。我很困惑，我依然喜欢那个味道，那个味道令我奇怪地安心，还有他的呼吸声。以前我没有注意，在人和人相对时，能够听到对方鼻子的进出气息声。王卫国一直不胖，呼吸却这么粗重，说明他的心肺也衰老了吧，我想。每一天，我们都是沉默相对。我猜他有时候坐在我房间的椅子上看报纸，但很久才会响一声翻阅报纸的动静。一份报纸，他要看很久很久，或者，他根本没看，他只是在看着我，我就是他每天的新闻报纸。再后来，我会闻到墨水的味道，或浓或淡。光辉老师说，爸爸在练习书法了。

111

每天早上，厨房会传来制作早餐的各种声响，很跳脱很随意，因为我婆婆的急躁与蛮力。我会闻到煎鸡蛋的香味，即食麦片浓郁的呛香奶味，那是婆婆爱吃的——她喜欢肉包子配甜麦片，莫名其妙的甜咸搭配；越南咖啡是光辉老师的；王卫国需要的小米粥、皮蛋加微火烤地瓜；然后是红茶醇厚的气息。有一种腌制的大头菜，还有很脆的洋姜，我本来闻不到它们的味道，那是美静开胃什锦菜中的一种，我发烧的时候，她就推荐我吃。在美静活着的时候，我从来没有注意到它们也有味道，但是，美静死后，我闻到了。闷闷的，像酱的味道。应该是王卫国在经常吃它们了。

我没有想到美静在我们家的生活中，这么重要。看来只有她才证明了我们家曾经的勃勃生机。没有她的絮絮叨叨，这个家就像半休克或者冬眠。失去美静的王卫国，就像一个无声的呼吸物，回答光辉老师的所有问题，他能用一个字的，绝不用两个字，他似乎不愿意破坏这个体现美静重要感的寂寥与死静。我婆婆本来就是重手重脚、高声大气、一激动就尖叫呐喊的人，电视剧一紧张，她就会提前号叫，死拍沙发，阻挡剧情发展，被王卫国冷眼几次后，她一开腔，就总会被她儿子及时制止。我婆婆处在愤懑的安静里。王卫国正在让这个家庭再次死去。

我在不自量力地挑战这个冬眠的家。我像困兽一样非理性地疯狂。我在不断制造恶劣的噪声。宣木瓜的院子里，忽然爆出声源不明的野蛮长嚎，一直嚎到力竭，声带如麻花扭结打滑，或者嚎到了世界拐弯的地方。如果有人制止的话，他们越制止我就嚎得越久、越刮擦耳膜；我不只是嚎叫，还随时随地狠狠地摔打我能摸得到的任何东西。我把光辉老师喂我的饭，从碗底向上狠狠打翻；我砸掉了客厅的液晶大电视；我猛地抽掉了已经摆满一桌菜的餐桌布；我用淋浴莲蓬头，打碎了公用卫生间的镜子……这些躁狂动静之后，用不了多久，经常在深夜，院子里的宣木瓜又会听到一个类似人声的、撕裂天空的闪电一样的恐怖嘶鸣，比歌剧里的女高声，还要穿云裂雾，据说我婆婆每一次都跺脚死劲堵自己耳朵。光辉老师被我用椅子砸到过，我看不见砸到他哪里，只听到他惨叫；我拿水果刀扎自己眼睛，被王卫国一把拧住，然后我扎到了他身上，不知道伤了哪里，我没有闻到血腥气，只听到我婆婆捶打胸部的变声咒骂。他们收起了所有的水果刀，后来是菜刀。

　　只要我狂野发作，光辉老师就会放下手上的活，过来拥抱我。他一贯处变不惊，永远温柔地表达理解。但是，我正在丧失语言能力，吼叫与咆哮，成为最快意、最直接的宣泄。我可以一声连一声地嚎叫十几声，乃至大汗淋漓陷入半虚脱状态。

　　我再一次掀翻午餐餐桌的时候，我婆婆对着我的脑袋，狠狠地来了一下，还伴有压抑已久的暴喝：去死！那是一根双立人牌厚质不锈钢长柄大汤勺。我一下子栽倒在地，脑袋又撞上了厚重的橡木桌角。我天旋地转，闭着眼但我没有昏迷。几乎同时，又响起一个非常暴烈的打击动静，我猜是对抗的声音，就在我身边。之后，有人搂起了我。光辉老师不在家，这个有力的怀抱只有王卫国。他紧紧地抱着、护着我，不知道是蹲着还是跪着，我闭着眼睛。随即，我听到响在我头顶的怒吼：

　　——滚！

　　——滚远点！

　　我婆婆的脚步声，虎虎生威地消失了。

有人的脸颊，轻触着我暴痛的颧骨，我缩了一下，对方可能意识到他的颧骨和胡子，会加剧我撞击点的不适，所以，撞击的伤处被改为更轻柔的贴触，那像是嘴唇的抚慰，它贴着撞击伤口不动，就像暖和的止痛药膏。它比光辉的嘴唇坚定，也更加温存，它久久不动，贴触着我痛不可当的鼓包，随呼吸的深浅，我就像一粒种子被广袤无边的土地存纳。鼓包受到了充满疼惜感的爱护，我便感到连通了就像是来自子宫的黑暗安全与黑暗抚慰，也许那就是来自父性最深厚的痛惜，因为它还代表着母性。它一直没有移动，我也没有动。不知道是撞击的连心痛楚，还是心里涌起似曾相识的酸楚感，我的泪水渐渐涌起，即使我不肯睁开眼睛，泪水还是在眼角无声地淌落。意外的是，另有水滴，掉落在我的鼻翼。我听不到任何声音，我不敢，也依然不愿去摸索王卫国的脸。他在哭，我知道，我看不见的地方在落泪。

那一天，受了委屈的我婆婆，负气罢工。她就那样丢下餐厅的一地狼藉，怒冲冲地下山了。王卫国把我安置在餐椅上，先为我煮了一包方便面，然后拖着那条打着钢筋的腿，在收拾厨房与餐厅。听得出他非常吃力，但是，我知道，他从来就是一个整洁高效的人。我不知道他吃了什么，也许也是方便面。后来他绞了热毛巾，为我擦了脸，然后，牵着我，慢慢送我回到我的卧室。这时我才知道，他的腿关节基本还是废的，非常不得力。

躺下后，我听出他没有离开。我也不想再说什么，我闭着眼睛。我听见他脚步外移，但似乎犹豫着，他又走回床前：我还是说吧，孩子，也许其他时候更不方便。你听着——接下去我不知道还会发生什么，但是，你心里多一份警觉，可能会更主动点。

我睁开了我看不见的眼睛找他，有一双手放在我的额头，盖在我的眼睛上。王卫国说，家里的茅台酒又少了两瓶。王卫国一定看到了我鄙视的表情，他还在企图为自己提早结束行程、导致大车祸进行蹩脚的辩护。

王卫国说，这是我走前，特意确认了的。但这不是重要的，我只是告诉你，你婆婆一定会回来的。

你的意思是，她是贼！如果我们不是早赶回来，你的酒还会少更多瓶！

贼不可怕，无非是财损。王卫国说，那个车祸发生时，如果我没有记错，车子撞向右边路基前，驾驶座的车门松开了；如果我没有记错，小楚方便完回来，也没有系安全带。

我呆怔着，我在黑暗的空间寻找我看不见的抓手，我等着让空白的脑子重新恢复运转。猛地，一下子，我坐了起来。王卫国把我按下：别太紧张，只要有数就好。也许都是我的错觉。你是个聪明的孩子。王卫国的这一句话，又激怒了我。我腾地重重倒下。我不再说话，心里却翻江倒海。王卫国把一把大钥匙放在我手里，说，这是我房间保险柜的主钥匙。这把是你妈的，我另有一把。密码是你哥生辰218309，21是他出生于晚上九点。里面都是家里的细软，还有房产证、合同资料、股权协议，还有你的婚前财产公证书。我会把另外一把免密的应急钥匙，丢进水库。它只有一把，就是说，今后没有密码，一定开不了。你记住了吗？这密码，我不会再告诉任何人。

我再次睁开眼睛，我没有力量去对抗这个质疑。我心知肚明，那个车祸之后，光辉老师没有再和我同床。我不承认他不再爱我，我对自己说，他心地宽厚，是照顾着我悲伤的身子。我也清楚，在人们面前，他比在我们独处的房间，更频繁、更有耐心

115

地拥抱我、亲吻我。有时，他在我房间，使用电脑整理材料，也许像过去那样戴着耳机追剧，他是想陪着我，夜深了才上楼。基本上，他退出的时候，虽然不再亲吻我，但他依然会温柔地说，晚安，夜梦吉祥。还有一点，我不想承认，在岱纹区我们家房子的街角，有一家韩国人开的面包店，里面有一种面包叫三角芝士面包，我非常喜欢苹果肉桂的那款，刚结婚的时候，光辉老师几乎每周都会给我带，我眼睛瞎了之后，我吃过两次，一次是我主动讨的，一次是他主动带上山的，还特意多带了一份，问王卫国吃不吃。王卫国肯定想象不到，他死了之后，我再也没有吃过那个三角芝士面包。当然，他更想不到，他最为痛恨的青橄榄炖猪肺，还有我们家避之唯恐不及的猪大肠头，在他死后，成了餐桌上的常驻菜。而我爱吃的清蒸鱼也在他死后，彻底消失。医生是鼓励我多吃鱼的，说有利于眼睛康复。光辉老师有对我解释过，他是怕我被鱼骨头卡住。而家里，只有王卫国会为我细心挑出鱼刺。但这些，王卫国从来没有说过，我又看不见，我一直以为是我婆婆挑的。后来是有一次我婆婆因为什么事骂我，才都说了出来。她说，你有什么本事吃鱼?！你老爸有那个耐心，我没有！我每天忙都忙得要死，我儿子很辛苦，他更不是你的奴才！想吃，你就要自己有本事！

　　正如王卫国预判，我婆婆隔日上午就回我家了，还若无其事地带了很多菜上山。光辉老师严肃地批评了他母亲的任性，说，作为有报酬的工作人员，她必须为自己行为野蛮、随意离岗、严重失职向东家道歉。婆婆说，我又不是故意的。再不管她，这家都要被她拆掉了。

　　王卫国声音低沉，说吃饭吧，都是一家人，算了。

大概是五个月不到，王卫国出事了。拄着拐杖，准备去水库大坝散步的他，在我们家的大门玄关处，摔了一大跤。我摸索着用固定电话打120，却说不清我家的位置。光辉老师接了我电话，说他马上中断咨询赶回水库。等光辉老师把爸爸送到医院，他的脑出血已经错过了黄金救治时间。王卫国在重症监护室，坚持等到了我的到场。在那个死亡气息浓厚的ICU病房里，我依然分辨出了我从小就熟悉并喜欢的味道，我走向了他。他已经说不了任何话了，但是，光辉老师把我的手，拉向王卫国伸出的手，我没有想到他是个拉钩的手势。明显地，他用尽了全身力气，和我拉钩。随后，他的手一软，就垂了下去。我听到一阵慌乱的但有节制的抢救动静。我知道王卫国走了，我头脑里漫散着一片雪白的光亮，头皮发凉，我晕了过去。

还好有光辉老师，上次我妈美静的后事也是他跑上跑下辛苦操持的。反正我一个瞎子，什么事也做不了。我知道王卫国有给光辉老师银行卡，我就不管了。光辉老师匆忙送我上山，又匆忙赶去医院，费用结账、太平间事宜、后事联系，他和他的助手都在奔忙。诸葛大林伯伯也让公司的好几个人过来忙前忙后，大林伯伯还主持了追悼会。光辉老师说，人不多，花圈多。说明你爸是好人，但为人太严厉太严谨，水至清则无鱼。

葬礼休息间，诸葛大林伯伯单独把我叫到一边，说，以后，伯伯的电话号码，你要记下来，再背下童通律师的号码。他是我的法律顾问，也是你爸爸的好朋友。经营方面的善后工作，我和童律师会帮你照看到你提出结束为止。你妈死后，你爸跟我交代了很多事。他退转了很多项目，收入只打入你新的个人账号。这个卡号和密码都暂时由我代管。他亲手写的一式两份的全权委托书，一份在我这儿，另一份在你家保险柜里，上面也会注明，这是一式二份的委托授权，注明了一份在我这儿。所以，别人动不了，也改不了。还有，因为你当时不肯跟他去银行保管箱部，办理唯一被授权人的授权事宜的手续，他只好放弃了租用银行保管箱。所以，有关经营文件都在你家的保险柜里。只有你能打开。记住！

我恍若隔世，一个月都回不过神来。太快了，几天的时间，王卫国就离开了我。从火葬场追悼会回来，我独自在王卫国的卧室里坐了很久。我闻到一阵阵竹青皮和熟板栗的混合气息，我深深地捕吸，但它们转瞬即逝。我低声说，我知道……你在我身边……

毫无来由地，我突然掉泪，一颗连一颗。就像小时候一样，我依然喜欢，我是多么喜欢这个味道啊，可是，我脑子里想到的是，狠人王卫国，即使如此仓促地被老天叫走，他依然也缜密地做了提前的安排。他可怕的心胸里，是不是永远没有他意料之外的事？闻到的是牵连，想到的是排斥。可是，另一种未及防范的感觉，却从泪水里流泻。我是如此分裂，如此脆弱。怎么会这样啊，我哭着问那个味道。

那天，我婆婆在厨房忙碌的时候，我又独自摸到玄关。王卫国摔倒时，我摸索过去就觉得地板很滑。但当时太紧张，我急着打电话叫救护车，慌张地摸索着也没多想。当我再次摸到那里，是有备而去。我是瞎子，所以我一直扶着走，到了玄关那个位置，我一下子打了个趔趄，重心飘移，幸好我死死地抓住了门把子。这里地板超常地滑，比抹了油还滑脚。我小心蹲下来用手摸。地面没有水，只有干燥的油脂感，滑得跌手。走出这个半米见方的区域,地板就恢复正常。但这是进出大门的咽喉处,没有防备地走过这里,尤其是王卫国不平衡的拄拐身子,鞋底打晃身子失衡,要稳住很难。现在,它还这么滑溜,一个月前,一定更滑。

我使劲摔了一下门,大叫一声,坐在地上。我婆婆听到声音,赶了出来。她一下子就恼了:早上我也差点滑倒!她过来狠狠地扶起我怒骂:那天,阿辉让我把所有的皮鞋——包括你的!所有的皮鞋都擦一遍,再喷这个什么鬼,保护鞋子,说是可以喷沙发、皮衣的。喷上去滑死!我一把老骨头,摔死你们赔啊!——给我靠墙走,这边!我都是靠墙边走,不要靠鞋柜!听到没有,靠墙才不滑!我坐的小凳子的位置后边不滑!

你为什么不到院子里喷?

他说喷喷就收好,早说这么滑,我也可以铺报纸……

我闻到了焦煳的味道,我婆婆显然也闻到了煳锅的味道,她暴怒跺脚:没本事还乱走什么!忙都忙死,你一个瞎子就不要给人找麻烦了!

婆婆冲回厨房里,厨房里传来猛烈的摔锅打碗声响,我听到锅子从煤气灶上弹起摔下的声音。一锅她爱吃的卤肉底部烧焦,让她非常生气。光辉老师没有回来吃中饭。

吃饭的时候,我说,爸爸就是被那东西滑倒的。

餐桌静下来。明显地,我婆婆对我的话反应时间超出了正常长度。我以为她没有听清,正想再说一遍,她却拍桌暴怒了:怪谁?!他的拐杖也经常绊倒自己!他在客厅也摔在沙发上过。你一个瞎子什么也不知道!我婆婆带着我不好确认的哭腔,爆发性地怒骂:人都走了!不要再说七说八了,都是命!你说滑,那我儿

119

子怎么一次都没有摔？他天天平安来平安去，我也从来不记得提醒他，那为什么他一次都没有摔？！这就是命！怪来怪去怪谁？！只能怪自己！你给我不要再乱跑了！再摔一个我吃不消！我儿子也吃不消！这鬼房子住不得！

我觉得我婆婆虽然蠢，但是，她擦皮鞋的地方把东家摔死了，这是让她不舒服的事。她拒绝这样的联系，就像她到我们家后老说，公交车上的那个女人不是她推死的，是她的命！她时辰到了不怪我！关于喷的皮革养护剂，我婆婆甚至有意无意地为自己开脱——不是她主动做的，是别人突然让她干的。发现太滑，她还用水擦过，擦不掉她有什么办法。

那么，这个超级滑的东西是哪儿来的呢？美静不会买，她除了谈恋爱的时候，一辈子根本都懒得擦皮鞋；王卫国会擦皮鞋，但是，这些年，他忽然时髦地开始穿北京黑布鞋，一副地方土老板暴发户的伪清新模样！而且，他商会朋友的运动鞋厂快倒闭时，他还一口气为我们全家买了七八双球鞋，他自己就买了三双运动鞋。住别墅后，他出入基本穿球鞋。因为，散步的时候，在水库的乡野土坡路，也只有球鞋好走。他不需要擦皮鞋。如果他需要，以他的严谨，绝不会给别人留下安全隐患。

我没有质询光辉老师，连温柔的发问都没有，就像我根本不知道地板异常这件事。按我的个性，按我瞎眼后丧心病狂的德性，我应该也必须找他疯狂爆发一次，甚至无数次，我必须发泄才是正常的。但是，我没有，一次也没有。不知道为什么，我就是没有。我就是隐忍下来了，我若无其事，就像王卫国就是一个自然摔倒。在把王卫国和美静的骨灰都安置到一个寺庙后的次日，光辉老师主动触及了死亡话题。他温柔有加地说，我心里一直很难过。人说父母是墙，现在，我们都没有爸爸了，我们后面再也没有墙可依靠了。从今往后，一切都只能靠我们自己了。爸爸临终，有交代我保险柜的钥匙和密码，但我当时心情太难过又忙乱不堪，我没有及时记下来，现在又想不起来了。你知道钥匙和密码吗？应急钥匙也可以直接打开的，但我找了所有柜子、抽屉，包括他书房、卧室带锁的抽屉，里面都没有那把钥匙。

我摇头，他从来没说，我也不知道密码。

没关系，密码慢慢想。光辉老师说，我们先找应急钥匙。它直接能开，不用密码。

我一脸茫然。王卫国和美静的那把免密应急钥匙，现在，会躺在水库深处淤泥与水草间的哪个位置呢？他们自己也不会知道了。

我迟钝地缓缓摇头。有只手摸了摸我的头顶，就离开了。

十九

无边无际的黑暗,迫使我只能在记忆中寻找看得见的东西。我能看见我的家人。他们在黑暗中,自带背景光。王卫国、我妈美静还有我哥王红星,他们都在过去岁月的明亮光影中。记忆追索到哪里,哪里就是亮的。那些轻淡的光晕,为我驱赶着不断合拢的、沥青一样的黑暗。我就像拿着显微镜、放大镜,一次次重返记忆的深处,重新打量我过往的生活。有时我能看到很多当时根本看不到的细部,在当时层层叠叠的、很多疼痛与很多愤怒的后面,出现了许多我现在能看见并能领悟的牵挂与忧伤,还有不舍。那些温暖、祥和的细微之处,非常奇怪地对我有点不屑一顾地闪过,它们并不在乎我手里的显微镜、放大镜,它们随时闪现随时又潜伏于沥青一样的黑暗深处。最黑暗、最孤独的无助感,是从我重返并悬浮于记忆的深渊里开始的。

有光的岁月,沉潜在记忆与时间深处,但它的陪伴,不能改变我日益孤独与黑暗的现实;可是没有它们,我又会更加孤独黑暗。不仅我婆婆对一个瞎子严重失去了耐心,光辉老师的耐心也正在磨损。他依然是礼貌的、温存的,基本不算急躁的,但他可能不知道，他的克制感传递给了我。而这克制感本身，足以加重我的焦躁与气馁。光辉老师像一只忙碌的风筝，山上山下，但是，风筝线早就不在我手里了。我帮不上任何忙。

我们家里会出现客人，各种各样的客人，他会告诉我，是亲戚某某、是同学某某、是同事谁谁，或者某天下午，会有个在院子里进行的亲子关系讨论活动，等等。我会听到各种声音，对我礼貌地问候。不过他们走的时候，我经常不太清楚，也许光辉老师不希望他们再打扰我，也许他忙得忘记跟我说。这不是他们虎头蛇尾的仪式，这样对大家都好。我也很知趣，我从不参与接待，总是待在自己的房间里。

光辉老师的女儿楚天骄来过，后来经常来，还喜欢住我们家。她叫我姐姐，听声音，女大十八变，她好像变得开朗外向点了，也很礼貌，这倒让我比见她小时候的鬼样子舒服多了。光辉老师的弟弟也来过，他刑满释放了。吃饭的时候，他在饭桌上大骂公检法，被光辉老师喝止。我不知道是谁让他留宿，反正一周后，他还在我们家。第五天的晚上，光辉老师和他弟弟吵架了，就在饭桌上。光辉老师要他弟弟去找工作，不能住在这里。他弟弟说，家里的房子都被你们出租了，我下山住哪儿？光辉老师说，你和你老婆原来住的那个旧屋，不还空着？噢，你说吊死人租不出去的那间啊？我告诉你，不是我怕鬼，是她那个浑蛋老爸和弟弟不让我住！说什么见一次打一次，我操他妈一家疯狗没一个正常人！

光辉老师说，你把骗老人的茶叶投资款还他们，人家就会让你回去了！他弟弟说，是安溪人先骗我好不好？啧啧啧，看你说这话，哪儿还像亲手足啊！——要不，你借我钱还他们去？哎，我告诉你，我老婆说，欠她的五万抚养费再不给，就把儿子改判给我养！我怎么养？要不你也给我五万，或者我儿子放你这儿养着？妈说可以。你选！

你这种人渣最好永远待在牢里！光辉老师说，你听着，爸妈的房租，我一分没拿。而我这里负担很重。我岳父母的东西，我还没有接手。但吃喝拉撒，每天都在开销。老婆要养着，而老头子死了，妈妈已经没有工资了，是白干。妈妈也是我养，你还想怎么样？

这豪华别墅不是钱啊！你岱纹区的四房办公室，不是钱啊还真以为我在里面关傻了是吧？你家随便扫扫，哪里不是钱？！那些茅台，那些洋酒，如果那路易十三、马爹利都是真的，随便一瓶十万起吧——再说，你也住不了那么多房子。

房产不是钱！就是要卖，我连房产证都没有！所以，楚光亮你给我听好了——照顾老妈、我老婆，这是我的责任。至于你，好手好脚，管好你自己，是你的责任！你儿子跟我更无关。我告诉你，你再进去，不要求我找关系！——好了，明天你就走！

明天我本来就是有事，我自然要下山。但我也告诉你，老妈在哪儿，家就在哪儿。走了我也会随时回来。这也是我的家！

后期，我开始模糊时间了。每一天的时间段，基本靠厨房里早中晚的气味大致推断。光辉老师从不看电视，但我婆婆爱看，我能在新闻联播、天气预报里听出日子。如果我连续不去客厅听电视，我就会失去时间概念。大约在宣木瓜香味弥漫的日子里，那天深夜，我被父亲房间里保险柜的报警声惊醒。其实，它的声音不算大，如果在嘈杂的白天，在我眼瞎之前听过的那样，不是很响。但是，夜半三更，它有执拗加重的急迫感。我犹豫着，还是起床摸去了爸爸房间。有人突然抱住了我,我吓得尖叫。嘘——是我。光辉老师说,没事。

我紧紧地抱住他,以示害怕。光辉老师抚摸着我的背,他说,突然想起个事,我睡不着了。我已经记起爸爸说保险柜钥匙夹在他书柜的《合同法》里,但奇怪应急钥匙却没有在一起。密码我还没想起,还是开不了。前天,我妈差点把爸爸的《死亡医学证明书》丢垃圾桶了。这些重要单据,都必须放进保险柜里。

《死亡医学证明书》有什么重要?你还是先睡吧。

《死亡医学证明书》非常重要,没有这个,后面的事,我们都做不了。所以想起来就赶紧做,不然每天忙,一事接着一事就更容易淡忘了。这些文件,都很重要,我也想顺便清理一下我们家的房产证、经营材料。记得妈妈好像说过,她和爸爸还买过保险。

应该有吧,小时候我和王红星每年也有意外伤害险。不过,都半夜了吧,我也冷,你明天再试吧。

光辉老师说,我记得有一次,我们在楼上午睡时听到楼下的怪声,你说,肯定是美静又把密码输错了。你还说,在岱纹,有一次,她还打长途电话求助你爸给开柜密码,你说她笨死了,重复两次还是错,她想把密码写下来,但王卫国不准。记得吗?

记得,但我也不记得密码呀!

爸爸好像说是你妈的生日,可我一试就报警了。要不,你想想——会不会是他们的结婚纪念日?

嗯,他们好像是一九八二年五月一日结婚的。

我问你,光辉老师说,你确定,你妈打电话问密码,重复过两次还是记不住?

是啊，但我没想到要记住它。

没关系，你只要听她重复过那个密码就行。光辉老师挑拂着我的头发，说，快两点了，明天你再慢慢想。说不定能想起来，因为它一般都会设置得跟家里什么事情有关联，这样才不会忘记嘛！你再想想，我也会再找找应急钥匙放哪儿了——老头子狡猾过人，估计藏得他自己都找不到。但没事，我能找到。再不行，我们还可以通过自我催眠技术回溯。阿梨不是说，你的催眠易感性不错吗？

你要她给我催眠？

不会。我们的合作可能要中止了。她太计较钱了，太精，不好合作。

为什么？

你别担心。我一个人工作坊也照样开下去，只是，我想你也知道我们的家境了，情况很严峻。

爸爸在医院给你的卡，里面都没有钱了吗？那些白事礼金……

每天都在支出，我们一家人的开支哪里够。

那你是要用保险柜里的钱？万一里面只有妈妈的首饰之类……

不，不只是钱，是我们必须把整个家的重担挑起来了。

爸爸刚跟你说过密码，应该你去接受催眠啊！

我不是易感体质，我自我催眠失败了。

我打了两个喷嚏，山上的夜里就是寒气重。我再次说冷，光辉老师搂着我的肩膀，把我送回了房间。

隔天我吃过早饭，光辉老师就把我带到王卫国房间，我听到电动遮光窗帘的吱吱声，随后，是他轻笑的气声。我说怎么了，他笑道，新手上路，我瞎教条，于你，遮光窗帘与发光引导笔，没用嘛！他说，红朵，我从来没有给人催眠过，但自己人吧，你也可能更放松。好吧，我们来试试，你就躺在爸爸的躺椅上。来，这边，慢慢地，躺好。这是爸爸的房间，很干净很舒服，也是你熟悉的气息，对吧，它会让你安适。好了，来，我们放松下来，放松……我会慢慢引导你休息。

如果不行怎么办？

没关系啊，我们本来就是游戏嘛！

我觉得不可能回忆出来，我大声说，其实我当时根本无心。我印象深的只是保险柜报警铃的那种很特别、很让人紧张的声音……

不要担心，人的潜意识的内存，是意识的三千万倍。有个被强奸的女子，天黑又紧张，记不住施害人的脸，但是，经过催眠，她把那两个人的样子准确描绘了出来，由此警方很快就抓住了作案人，潜意识是个巨大的仓库，什么都丢不了……放松……

躺在爸爸的躺椅上，沥青一样的黑暗如大山压顶，看不见的所有，都是向我而来的重力。我觉得自己无处躲藏。刚刚在躺椅上躺好，我又大叫等等！说想喝水。喝完水，光辉老师又托着我的头躺下，他笑我：还要不要小便？你太紧张了，就当是我们俩玩玩，成不成，不是很好玩吗？

我说我才不紧张。嘘，光辉老师的食指轻轻压在我的嘴上，不说话了我们不说话了。一只湿热的手掌，温柔地覆盖了好一会儿我的瞎眼。

然后，光辉老师回到皮转椅上，开始引导了。我按他的指导，慢慢调整着呼吸与舒适的姿势。我开始听到自己的心跳声。

虽然也知道这不是他的专业,但是,心还是越跳越乱,我突然大笑起来。

哦,光辉老师说,来慢慢地松弛下来,把脑子放空,对,放空,就算昨晚没有睡好我们补个小憩吧,来,我带着你,我们休息休息……他的语速平稳、极其缓慢,飘浮在随遇而安的静谧之中:哦……来了,我们放松……慢慢地、慢慢地松弛下来……没错,对……垂着手……眼皮松弛了……慢慢呼吸……累了……四肢疲倦,越来越……沉重……困意一点点……一点点加重……现在……动一下你的……右手……右手很重,抬不起来……不想动了,动不了……就不动了……越来越困……哦……抬一下你的……左手小指头……乏力了……小指头也……不想动……抬不起来……就不抬了……很累……瘫……软着……休息一下……这样的……松弛……很舒服……真不想动,不动了……

我忽然恍惚起来,这是极度恐惧的恍惚感,这恍惚让我心里"空"的一声响,声音大得震耳膜,我简直要抽搐了起来,就像从梦中的高处坠落。不能再走了!不能再往前了!我看到了躺在水库深处、由水银珠链穿挂的免密银色钥匙,我看到了王红星出生的那个星空之夜。如履薄冰,我害怕极了,一下子我放声大哭,我在痉挛。

二把刀的催眠,宣告失败。

二十

我觉得我婆婆是我的贵人，尽管她一不小心，手脚麻利地干掉了两个人，但她一定是伪装成恶人的我的贵人。现在，她对我经常出言不逊，打碗、扔锅、摔拖把。光辉老师说，你多原谅她，理解一下老人家。你看，她照顾我们吃、喝、洗，非常辛苦。你一个小瞎子，什么忙都帮不上，脾气还那么暴躁，简直跟我独臂父亲一样，其实，她跟你发火，不是针对你，是她自己的痛苦记忆。是她对自己一辈子，都被我父亲粗暴碾压欺辱的心理反扑。她愤怒了一辈子，也压抑了一辈子。现在你又看不见了，她接受不了这个事实，她可能也快崩溃了。我会找时间，帮她清理一下负面情绪。所以，她很需要你的理解和帮助，你明白吗？

我点头。其实，我更明白我自己反主为客的悲哀，不，不是客，我已经是宣木瓜别墅的寄生虫。我知道我已经没有资格再任性、再放肆了。我也知道自己越来越收敛了，但是，糟糕的是，好像我的贵人对我的要求也升级了。我当然不可能再摔打东西横扫一切来表达情绪，我甚至不敢说我很想吃鱼，随便怎么煮都行，我自己吐鱼刺。我不敢要求。而问题是，我只是脸色不好，没有及时回应我婆婆的问话，甚至，因为菜又是咸得要命，或者我又对害怕的芫荽不自觉地皱起眉头，我婆婆就会拍桌子表示愤怒。有一次，光辉老师不在家，我的保温杯没有水了，我请求过我婆婆。我婆婆说，没看到我手正忙吗——等下！我等了两个多小时，口渴难耐。我估计她忘了，不敢再申请，就想自己摸进厨房，小心地倒点凉开水喝也行。我也基本倒成功了，但是，我婆婆突然走进厨房大喊大叫，吓得我一哆嗦，打碎了凉水杯。她冲过来，直接把我的手，往灶头的火上推。我痛得拼命挣脱，在惊慌的逃窜中，我被地上的凉水杯碎玻璃割得脚底血淋淋；她也割到了，更加怒火中烧——别担心，这些都是我好运的铺垫，如果没有她，我想我将永无新生。

我因为胃口很差，又不敢不吃饭。所以我吃得很慢，经常被骂。那天，应该是宣木瓜花凋敝后开始渐渐枝繁叶茂时节的一个傍晚，我又吃成餐桌上的最后一个人。我婆婆和光辉老师，早都吃好离去。我想自己把饭碗收进厨房水池，但我看不见洗涤池边有婆婆刚洗好的一竹盘鸭蛋。我不知道打翻的鸭蛋，是不是全部碎了，我心里也很害怕，想蹲下来摸捡。闻声赶来的我婆婆，一个大脚踹在我的背上，我就像狗啃屎一样，佝偻着身子，脑袋直接撞向冰箱角。也许就是痛得休克了。

应该是光辉老师把我抱回我卧室的。我必须记住那个美好的晚上。我醒来的时候，我睁开眼睛又颓丧闭上。和以前一样，就像一个坏掉的灯泡，你按不按开关，都无所谓。它不会亮了。我的眼睛习惯性地睁开，再无力地闭上。我的注意力在撞伤的头部。这次的撞击点，好像和上次撞在橡木餐桌脚的位置差不多，也是那里深深地钝痛，但好像痛得更锋利一点，我伸手触摸，还只是碰到头发，就感到里面的脑浆痛得在哆嗦。我摸到了额头干枯的一大团干痂，还有一两条干薄的结痂流挂在耳边，指甲一刮如粉，闻着却血腥。我一下子哭出声来。这次，王卫国也走了，不会再有比子宫还温柔的家的抚慰了。

我让自己不要哭，但就在泪眼的开合间，我滞后地反应出有异样感，这异样感让我紧张……似乎……一丝光？我不敢确定，我很害怕那个感觉，我退缩着，迟疑于再度感觉那个奇异的感受之间，我害怕一睁眼，就再次确认自己依然在沥青一样的黑暗中。慢慢地，更慢地，我把眼睛轻轻地打开一条缝，很细微的缝，好像什么都没有。我赶紧闭上，又等了很久，我再稍微睁开大了一点——没错！是光！几丝边缘模糊的光，从我窗外的竹林后面，清淡模糊地透过来。我的心脏骤然狂跳，胸口比纸皮还薄。我不敢再睁眼，而是张大嘴巴尽力缓解急促的呼吸。

一年多了，我都在沥青一样的稠滞黑暗中。我大口喘息，我拼命地让自己镇定。在最后一次睁开眼睛确认光之后，我简直害怕自己像羽毛一样飞起来——我的房间，充满幽暗的光！这绝对是正常人看不见的有光泽的黑光，有如黑水晶之光，在深沉的山乡黑夜，那奇异的黑水晶之光，让我的床边、地板、桌椅、柜子、窗框线条全部显形！整个屋子都是黑色的珠黑晶光。我轻手轻脚地起床，光着脚走到了窗边。是的，不是错觉，不是记忆，是真真切切的光，在竹林那个方向，向我漫射过来。后来我知道，是我家的乡下邻居在为他的房子加层，在赶浇水泥。他们的儿子要结婚了。

那家的房子和我们家相距七八十米吧。在我眼瞎前，他们家跟来娣有交情，经常送自己种的菜给我们，还有鸡蛋。拿多了，王卫国就叫美静一起付一次钱，还回点礼。后来，我婆婆来了，菜就少来了，也许是我瞎了，看不到。不过，王卫国死后"七七"满后的那次大台风，我又一次直接感受到了邻居的热心肠。

当时，十六级特级台风在即，轮渡停航、学生停学、跨海大桥关闭。不能进城上班的光辉老师，看他妈妈又在发脾气咒骂，就带我离开客厅。我婆婆进进出出总是忘记关闭防蚊纱门，躲台风的山蚊子，就进屋把我咬得浑身暴痒，我让她记着关纱门，就一句请求，就被她骂得狗血淋头。光辉老师牵着我的手，把我带上了天台。他兴致勃勃，说让我感受台风前夕的美景，顺便让我和水库上的七彩天空留念。其实，对我来说，都是黑暗世界，但光辉老师说等你眼睛好了，就能看到自己在台风中。水库上空，一道道轮辐式台风云非常漂亮，他说，要让你留个纪念。我站在他指定的护栏边，做了个他指导的侧脸远眺的抒情造型。我没有笑。光辉老师是突然冲向我的，冲撞的力量非常大。如果不是我正好手扣在护栏灯罩的铸铁条和护栏间的空隙里，我可能就被撞下天台。灯罩撞毁了。我手的虎口撕裂了一些，扣在铸铁条缝隙里的中指第一节脱臼了，我痛得哭叫起来。邻居在院门口吓得大喊大叫，她正好来送菜，看到了这惊恐的一瞬。光辉老师很不好意思冲撞了我，说阵风太急，拍照一下子没站稳，被狂风狼狈地吹着跑。

邻居的语气急急忙忙，说，台风马上要到了，地里的菜不拔起来也完蛋，干脆收了，送我们吃一些。反正台风过后，水叶菜要长时间买不到了。说菜都没有泡过水，不容易坏，你们可以放一周慢慢吃。

我听到邻居还是接过了光辉老师硬塞给她的二十块钱，可能不好意思吧，邻居边走边又回头喊：不敢再到顶楼去哦！这个天，会出人命的！我看不见，我不知道危险，除了屋外山风在天地间流转呼啸的声音，我只知道我的手很痛、非常痛。光辉老师给我涂了药，中指似乎帮我正了骨，反正就是痛入骨髓的一瞬间后，它就不怎么痛了，我觉得是指关节复位了。光辉老师说不是，我说不是骨折吗，他说，没事了，可能是筋扭了。你看，你不是不痛了？我告诉他，虎口那里还很痛。他说，明天就好了，一点点破皮。

看不见的好处就是，危险不能够预支威胁，而伤口没有血的渲染，构不成立体复杂的痛楚刺激。但是，只有失明的人才知道，哪怕更危险、更痛楚，你还是会渴望看得见的伤口。

邻居加盖楼层的施工灯，给了我一辈子都刻骨铭心的踏实感。我的泪水汨汨而下。

现在，我像鬼魂一样，站在黑暗的窗帘边。在刚刚复明的视野里，我眼里是黑水晶和白水晶的世界，人间的一切都在崭新地发亮，就像天地万物还没有沾到一枚指纹。再也没有黑暗了，我只看到发亮的黑水晶的清新微光。我一直在流泪，一边望着竹林后面邻居家隐约的施工灯光。我用指头点它，用手心迎接它，我伸出舌头舔它。我还看到了水库坡坝上一辆开过的车灯光，看到了远处幽微的水库天光。我幸福难耐又难以置信地咬了自己小鱼际一口，又狠狠撕咬窗帘，窗帘都是灰尘的气味——我终于，又看见了。

泪水一直止不住。看不见的黑暗是没有边际线的，现在，我在黑水晶的微光中，看见了生活中的诸种边际线，那些被我拼命压抑的东西，不愿承认的东西，火山爆发般地喷涌而出；我的脑际在飞速燃烧，被压抑被拒绝承认的它们，不再是记忆深渊里云遮雾罩的火树银花。看我一眼吧，王卫国，我能看见你了，我想你；看我一眼吧，美静，我能看见你了，我想你，我们说说话吧……我也终于要面对我的恐惧了，是的王卫国，我承认，我很怕，我害怕极了。你看见的，现在，我也都看见了；那些我不敢承认、不愿面对的东西，我必须独自面对了。

今天傍晚我被撞昏了，有人将我弄到了我的床上。我看到了，是的，床头柜上没有水杯，我的保温杯是空的；没有外伤药，没有人想要留下来照顾我。是的，没有人在意我什么时候醒来，是否脑震荡，是否呕吐，是否噎呛窒息；没有人在意我是否口渴难忍，是否无法站立，是否没有力量去厕所；没有人担心我是否在无力求救，是的，再也没有人在意我了，我看得很清楚，这个家里，再也没有一个人在意我的需求了。我将独在黑暗中自生自灭。

没有时间，我的手机早就摔没了。光辉老师曾说，以后看情况会再给我配一个。但显然，我的视力没有给他为我再配手机的信心。现在，在这黑水晶般的黑暗中，我听到了山谷里一声两声，越来越多声的鸟鸣。估计天快亮了。

我已经想得很清楚了，前程复杂艰险，吉凶难测。至少暂时，我不能告诉别人我恢复视力了。

因为过于亢奋，我又反反复复睁眼闭眼检验视力，生怕哪一次睁开，一切又回到黑暗从前。所以我几乎一夜无眠。天亮的时候，过道里响起了脚步声。随后，门开了。我听得出是光辉老师的步子节奏，我面朝墙侧躺着，纹丝不动。不知道为什么他没有马上离去。就在这时，我的鼻尖传来他的发蜡气味，我一转头，碰到了他的手。那手没有迎合我，就带风感地缩了回去。我睁开了眼,茫然的眼睛直瞪瞪地看歪了方向,然后我又垂下眼皮睡去。脚步声轻轻退了出去。光辉老师没有我以为的那样,摸摸我的额头,或者掖掖毯子,或者询问我身体感觉,或是否需要一杯水。都没有!当然,更没有爱怜的亲昵举止,也许他急着下山赶着上班。我听到他轻轻走向门的脚步,忍不住睁开眼睛,他突然转身,我本能地紧闭眼睛,那一下子我汗出如浆,就像偷了东西。相隔了一年多了,正常的视力突然猝不及防地相对,我们视线相交了!我没有数,那一瞬间,他是不是感受到了视力的有效碰撞。闭着眼睛的我,分明感受到,拉开门把手后欲出的脚步的迟疑。但最终,那个脚步声还是走了出去,门被轻轻地掩上了。

我一直没有再睁开眼睛。是的,刚才在我鼻尖前试探的手,王卫国知道它在干什么。我想我也知道了,我知道它在关心什么,最关心什么。

二十一

　　装瞎子不仅是技术活,更在于内心的自我蹂躏的艰难。就像打牌的时候,你突然能到每一个对手的身后,看他的牌情,而对手随时会发现这个秘密,这里的惊险与刺激是很难承受的。打牌那是输赢游戏,而我,是生死冒犯。这些本来我看不见的牌,大大小小,无不给我惊奇与困惑。

　　只是一年多不见,水库的山光水色,清丽得就像被天上佛光笼罩,白天里的光亮与暗影,更如晶光耀目;而别墅院子里的宣木瓜,枝繁叶茂掩映着绿色贴梗果实,一树树葳蕤茂盛,以致屋内似乎被减去了一半天光,更加暗淡而陈旧,凌乱不堪。客厅豪华的厚牛皮沙发上,丢着连着皮带的牛仔裤、一只成团的脏袜子;几个再生发灰的塑料袋装的西红柿和蒜头,它们被人随手丢在过道边的单人沙发上;一只三色奶牛皮的抱枕,可能拉链坏了,豁着一条边,像张开着的大嘴;另外一只被滴洒上了什么汤汁,看起来很像呕吐物的旧痕,这曾是美静小资情调发作时买的价格不菲的牛皮抱枕;高档的白橡木茶几上,污渍斑斑,不知谁喝剩的残茶,在茶盏里生出白绿毛,茶盘内外茶渍如垢。如果王卫国在，他绝对受不了。

  我婆婆比她初来时胖了好多，这显然是饮食不节制的饕餮后果。光辉老师依然圆润敦厚，但是，面色无华，头发稀疏，比一年多前苍老了许多，而且，深刻的川字纹上，有一种令人不祥的暗紫。他的弟弟，那个因为茶叶诈骗付出牢狱代价的人，听声音我以为他矮小自负，没想到却是个高大干瘦，颧骨凸出，一双眼睛却热情快活的人，有点死猪不怕开水烫的安逸，又混杂着天下一家亲的油滑感。

  卫生间的肮脏超出了我的想象，原来我就闻到的臭味，使我对它评价不高，但睁眼看到后，还是震撼了。显然，我婆婆的收纳能力与整洁能力，比来娣差劲多了，更别提王卫国了。我吃惊地站在浴室镜子前，镜子里的我，憔悴干巴，眼窝深陷，一头枯发，毫无生气，原来像王卫国自然微鬈的浓发，已经整头稀疏油腻，令人生厌。看来，这一年我在严重脱发。看起来我真是丑而脏，难怪光辉不再亲吻我，我也找不到他的嘴。我们很久很久没有亲吻了。

  我依然凭借习惯，平时总坐在客厅的单人沙发上，或者是王卫国最爱的电动按摩椅上。它可以把身体放平，我的手已经能熟练操作有轻柔、重揉、捶打、抖动等多种功能的键盘。我也总戴着音乐耳机。楚光亮就在我的视线里，他在储藏间挑选王卫国的藏酒，一边高声大气地要求我婆婆不要把鱼蒸得太老；他当着我的面，兴冲冲地把选中的三瓶洋酒，提到了客厅茶几上，端详后，再找厚塑料袋，很赏惜、很自得地一一装上。我婆婆出来，直接过来打开她老二的酒袋子，也不说话，拿出两瓶马爹利就走。老二追到储藏间，两人压低嗓子开吵：

跟你说了！你哥全部点过数了。还手机拍照了！

那又怎么样？！

他的东西！

他的东西就是你的东西，你的东西就是我的东西！他知道又怎样！我高中没读就开始挣钱顾家，他呢，大学读完挣钱就炒股，叫他带点菜，还跟你报账要钱，我就问你，春节谁每年给你红包？老头子住院谁出钱多？你凭良心说，谁在孝敬你们？

他也是从小被你爸打寒了心……酒你先给我放回去！

房租给我！

不分你一半了？你要不要给我留点养老钱？

他养你。他钱多得很！

鬼呀！这东家要不死，比他还大方。

是不是？是不是？哼！他从小好东西都是自己藏起来偷吃，记不记得在菜市公厕他偷吃五香花生米的那次？有没有，我们打起来的那次？哼！谁都知道他自私——你还不让我拿他一点？这叫公平！

什么一点？阿辉说一瓶洋酒好几万！

去去去，听他胡扯。洋酒都是马尿做的，几斤猪头肉而已。有的人根本喝不惯！

我一直在客厅。光辉弟弟向我走来的时候，因为我必须装看不见，我防着，但他突然出手摘掉我耳机线，我还是吓了一大跳。他听了一下耳机里的音乐，说，这么小声你能听舒服？我说，这么大声了你还听不见？！我又说，你的耳朵有问题。音量再大，耳膜受不了的。

他把耳机线在我眼前逗弄嬉戏式地晃荡，他说，拿去。他看着我，我的眼皮和过去一样呆然不动。给你呀！他旋转着耳机线。我要克制我看得见的眼睛，绝不随耳机线晃动。他狡猾地突然变化路线，我猝然难防视力的正常反应。为了掩饰，我只能奋力张开双手，在错误的方位努力空抓，再扩大范围，这才抓住了耳机线。

那天，上桌的是一条清蒸鲈鱼，雪白的眼珠子挂在鱼眼边，新鲜、刚摆脱透明感的肉色，看起来就火候极佳。我婆婆一落座就给老二夹鱼，老二马上也给我婆婆回夹：喏喏喏，鱼肚，没有骨头，你就吃这儿。我婆婆说我不爱吃鱼，老二说，吃！多吃鱼不会得老年痴呆。阿辉不吃鱼，现在就有点儿傻了。快吃！趁热！你包鱼肚，其他我包。

我看着他们母子在清蒸鱼前的天伦之乐。接着我婆婆笑眯眯地承认鱼好吃。老二突然用筷子指我、指鱼：吃不吃？我婆婆一点都不配合老二的鬼祟交流，她大声说，她不吃！你哥说，卡到鱼刺很麻烦，那个阿梨卡到鱼刺，送到医院，医生拿钳子一拔，就要七十几块钱！我婆婆起身，用她吃鱼的腥筷子，往我碗里夹了很多芹菜炒豆干和早餐剩下的肉松。

还有让我更惊异的牌。有一天下午，光辉老师带着一个年轻女人进来了。光辉老师在玄关换了鞋，又给女人摆好了拖鞋。女人大学生的样子，扎着高高的马尾辫，一双眼角下垂的大逗号眼，黑亮有神；瘦削白皙的两颊间，是性感的嘟嘟肉唇，涂着蜜橘的橙色，青春逼人。光辉老师笑眯眯地向我招呼——红朵，天骄又来看你了，还给你带了花，去，给她摸摸。

那个女子把一束康乃馨捧给我闻，说，姐姐今天气色真好。

我不知道我是如何保持镇定的，说脑子里五雷轰顶都毫不夸张。光辉老师一说是楚天骄,我的心脏就紧缩起来,呼吸艰难。她当然不是天骄。天骄即使老得快,但那双与众不同的快立起来的吊梢眼睛,永远不会改变。而在我无法看到他们手里的牌之前,这个"天骄",隔三岔五就会跟光辉老师来我家,有时隔夜就走,有时周五来度周末,住个三天两夜。而她第一次来过夜,光辉老师先征求我的意见,说让她睡我们卧室你的空床可以吗。天骄不敢睡你爸房间。

我说当然可以啊!总不能让女孩子睡客厅。

很意外的是,在我看得见的时候,我才发现我婆婆并没有给那女子好脸色,她一直臭着脸。饭桌上,那个年轻女子,把煎带鱼咬了一口就连忙吐出,然后,把带鱼有力地戳进光辉老师的饭碗里。光辉老师说,妈,不是交代过天骄怕咸吗?你少放点盐嘛!

我婆婆说,不放盐我不会煮!

奶奶,女子笑嘻嘻地,咸带鱼可以配稀……

不是咸带鱼!我也不是你奶奶!

哎呀哎呀,光辉老师苦叹:妈你跟孩子斗什么气啊!

我婆婆"啪"地一下拍筷子,走了,不吃了。我赶紧说,光辉你干吗?光辉说,没事没事,人老了,口味死重。我给你打碗开水,你把菜涮涮吃吧。我大声说,不用不用,我可以。

光辉说,我知道你习惯了,我给天骄打。

光辉打来了开水,立刻把青菜排骨放进去,再捞给女子。她声腔拖宕、旖旎,是我听过的最好听的撒娇,她说:讨厌——排骨的好味道都被你泡掉了啦!光辉赶紧把排骨捞出来。女子把排骨咬了一下,又吐出来,衔在嘴边,示意光辉老师用嘴接。光辉老师看我一眼,伸长脖子,把她不吃的排骨用嘴接过来。我还是呆头鹅一样的凝神谛听状态。没人帮我夹菜，我基本是无法拿菜的，后来他们嫌麻烦，不管我爱不爱吃，将我的饭菜合在一起，给我一把长不锈钢勺，混着吃。但是那天，光辉老师忘了我面前只有一碗白米饭。那个假冒的天骄，用手指我。光辉像天真的小男孩一样，缩脖伸舌，赶紧为我夹菜。女子倾身去拧光辉老师的耳朵，光辉的胖脸，被拧得五官变形，但他不敢出声。他快乐地忍受着。濒临深渊的险境感，使我稳住了我必须置身事外的迟钝与淡漠。

我木然而文静地用餐完毕了，而且语气慈爱地和天骄说，你慢慢吃。

在光辉老师扶我进我一楼卧室的时候，我叮嘱说，你妈妈是不是还没有吃饭？你去哄哄她。光辉老师说，放心，她从来不会亏待自己。生气不吃的饭，都会恶狠狠地补回来，比不生气吃得还多。你好好午休一下，天骄今晚不走。我说，她现在都不回北京了吗？光辉老师说，休学了，叛逆凶猛，和她妈势不两立了，跟这边外公外婆的关系也紧张，我正在疏导她。她说她喜欢我们家。唉，她愿意来就好，我从不强求，我们也只能尊重孩子的意愿——谢谢你对她这么好。

扶持我躺下，光辉顺势蹲下来轻声说，我们的密码，你想出来没有？

还没，你记性比我好啊。

我试了他们的结婚纪念日，那天不又报警了！

你比我聪明，又是爸爸的临终遗言，你肯定印象更深，我说，你别急，肯定能回忆出来。

其实，我们也可以找厂家破除密码。我问过了，很简单。花四五百块钱就好。

那太奇怪了！大林伯伯上周来，你还说爸爸授权你管理很多事，保险柜密码也给你了。

是啊，但我事情太多，记忆力也越来越差了。我现在急用，找厂家来开，不是很自然的吗？

但我们没有着急的事啊！爸爸的圈子里都是狠人，包括送他保险柜的毕老板。传出去以为我们没有密码强开呢！再说，王红星回来了，看我们这么粗暴处理，会以为我们根本就没有爸爸授权。

你觉得他会回来吗？三四年了，法律上是可以宣布死亡了。

我准确地把手捂在了他的嘴上，缩回来已经来不及了。他似乎有点吃惊，困惑地盯着我的眼睛。我的眼睛也死死盯着他的耳朵后面。他像赶苍蝇一样，突然猛烈挥手，打断我的视线。我的眼睛没有眨，但是，不能控制的是，我眼眶睁大了一下。

……你……我闭上眼睛，我的眼泪溢出了我闭上的眼睛。光辉老师把手放在我的额头上，我闻到排骨和葱花的气息。他说。记得吗，有一次你跟我说，你做了一个梦，你哥哥在催你，说赶紧赶紧，来不及了，我又要迟到了。这个会我是主角。你说，有什么关系，迟到就迟到嘛！你哥说，这是我的追悼会呀，我迟到他们怎么开呀！你就吓醒了——记得吗？

记得……我哭出声来。

光辉老师说，梦就是真相的反映。你的下意识在告诉你，王红星已经走了。但是，你的意识层面拒绝承认。我一把推开他。一只手推在他头发上，空了，一只手准了，推在他肩头。我还是因为不平衡栽了一下身子，光辉老师一把抓住我。

那个假天骄出现在我房间门口，夸张地扭着纤胯，嬉皮笑脸地往里看，被吃得不均匀的橙色口红残余，看起来天真无邪。肯定是她听到了哭声，想来看个热闹。光辉老师朝她激烈挥手，示意她离开。假楚天骄做了个偏要进屋的假动作，在光辉老师跳起来之际，马上逃远了。

好吧好吧，我们不哭了。没事，迟早我们能处理好。光辉老师重新蹲在我床前，说，下个月下旬，阿梨督导的朋友，那个著名的华人催眠专家顾天怀会过来办个为期四天的催眠培训班，我已经通过阿梨跟他约了。他助手说，争取为我们腾出一点时间。别担心，我们肯定能回忆出密码的。

你不是跟阿梨闹翻了吗？

经营理念不同，并不影响友谊和互相支持啊！都是成熟人格了。

催眠一定能让人想出银行密码吗？那催眠师不是可以抢劫……

不不，在催眠状态下，人的防御性固然会降低，也更容易接受别人的指令。但是，如果催眠师的请求，违背了被催眠者的价值防线，他就会醒来。所以，催眠师不能操纵别人去杀人抢劫，不能逼别人交出密码。但我们这种情况又不一样，我们是恢复记忆，是在寻求帮助。催眠师和我们的价值取向是一致的。

你该先接受催眠啊！我说。

顾老师时间非常宝贵。而我受暗示的易感性不好，所以，还是你合适。

可我不喜欢被催眠，我更不想见那个什么催眠大师。

其实，我也不喜欢外人介入我们家隐私。阿梨嘴也不好。可是，你又不让我请人来破拆保险柜，本来这非常简单。就算你爸那个送保险柜的毕老板管得宽，他也不能送个柜子就管我们家开不开门吧。光辉老师有了明显的带着委屈感的怒意。

可是，我知道那些人都是人精啊：既然王卫国给了你们密码，为什么还要急着强拆？王卫国本来就死得突然，他们如果怀疑我们撒谎，甚至进而怀疑爸爸是我们害死的，那我们不是自找麻烦？这些口袋里有几个钱的土豪，个个能量都很大。再说，王卫国和大林伯伯十几年来一直是同进退的利益共同体。我想，最多年底吧，我们肯定会看到，王卫国在那边的投资回报情况。也可能，保险柜里就是一点文件和妈妈的贵重首饰。

问题是，经营入股凭据在哪里？他的合伙人凭什么给我们回报？老头子的经营情况始终讳莫如深，问他，他总说差不多了，金盆洗手了——你相信吗？你听听他的电话就知道是不是那回事。说到底，还是不相信女婿吧，或者说，还需要更多认识的时间吧。好吧，你说的，其实我都懂。所以我再急也没有强拆——反正，等我们做完顾老师的催眠再看看吧。

我觉得自己一定通过不了催眠的密码释放。

我强忍了两周后，才借着我婆婆骂我的契机，跟光辉老师推心置腹谈了话。我说，我一直在想，我们还是离婚吧，结束这个错误。我深思熟虑过了。

光辉老师一把搂住我：疯了？没有我，你怎么活？

瞎子也没有都饿死，楚光亮告诉我，原来你爸他们那个福利厂，养活自己的瞎子可多了。

听他胡扯！他对社会的认知，只有坑蒙拐骗！——为什么要离？是我对你不好是吗？是我不好，的确，最近陪你的时间少了很多，事情太多了里里外外就我一个人，我非常累，你知道的，我这半边头一直在痛,都没时间去预约CT……

不,不,你对我好,从来不说一句重话。你一直在帮助我。但我知道,你其实一开始就不怎么爱我,是我坚持向你求婚的。而你只是想帮我打败我父母,我知道这里面没有爱。现在,我没有对手了。我不想这样下去了,这对你也不公平。

说什么呢红朵!爱你我才和你结婚,我也不是在帮你打败父母!我只想帮你认识父母的爱。外壳有刺的水果,可能也是好水果,比如榴莲、菠萝蜜之类——我只是想帮你看到有刺的外壳内部。好了好了,别胡思乱想了,离了,就对你不公平!在你最需要依靠的时候,我离你而去——这是陷我于不义你知道吗?

我已经考虑清楚了,我会做出申明,不会让你难堪。

你是不是看得见了?!光辉老师捧起我的脸。

我闭着眼睛,我的眼泪说来就来。我哑着声音说,你说呢。他帮我擦掉眼泪:孩子,我不会答应的。这是我的责任,再苦再难,我都不会逃避。

我已经决定了。我们没有孩子,也没什么共同财产。你借的那几十万,不用还我了,你都拿去吧。

你简直!好,你先告诉我怎么活?你连倒一杯开水都会烫手,你会洗衣服、会做饭?你能下山买米买菜吗?你知道去医院看病吗?知道怎么买手机,用新手机吗?你连用马桶,马桶堵了大便乱冒都不知道。几只蚊子停在你手上吸血,你都不知道拍哪儿……好,我再问你,你的生活来源是什么?

船到桥头自然直吧。也会有保姆的,到时候,我的朋友会带律师上来,帮我们拟个离婚协议。我也会委托他,帮助我们把各种事务处理好。

哪个朋友？就那个男人？做贸易发了点小财的那个猴子？

我不愿回答他。

你是不是找到了保险柜的应急钥匙？光辉老师显然快被我气得语无伦次了，但他马上恢复了理性：现在保险柜还打不开，家里多少大事小事都没有处理，我们的生活困难重重。红朵，你是不是睡糊涂了？

我不说话。他再次搂抱我：我知道你是为了我好。你的善意、你的牺牲精神，我都接收到了。但是，亲爱的孩子，如果我现在离开你，你父母的在天之灵怎么看，我的良心怎么能安住。你在选择自我毁灭你知道吗？我明白你的处境不好受，你坚持了这么久，已经很坚强很了不起了。将心比心，我一个男人都不一定能做得比你好。孩子，我们一定会好起来的。好了，再也不要提这个问题了——永远不要再提。我绝不离婚。我要替你爸爸妈妈，替你哥哥，照顾你一辈子。

二十二

其实，到现在我也没有反思出我是在哪里有了破绽。我可能有我外婆的勇气，但未必有王卫国的谨慎精细。我已经非常小心翼翼，我也知道最多三周后，那个催眠大师顾天怀将稳操胜券地在等着我。我得一步一步认真走。是的，我知道也许我的目标，还是超出了我的能力。如果我是闭眼瞎的那种盲人，主控性与胜算可能会大了很多。而我是睁眼瞎，这一年多来，他们也习惯了我视而不见的状态，换句话说，他们比我自己，更清楚我是什么状态的瞎子反应。一个"视而见"的人，要不露破绽地准确维持"视而不见"，于我，的确很难。

那天，我吃完饭从餐桌边站起来，左转直走，走过装饰性陈列架，再折，扶墙进入卫生间。这是规律，我有饭后刷牙的习惯，而我婆婆正好端着重新为迟回的儿子热的菜。她就是个急性子，一手用防烫夹夹着黄花菜肉燕豆腐汤，一手用抹布抓着干贝萝卜丝煲。她应该是在两个灶头上同时加热的，急着让他儿子吃。我站起来的左转路线，一定要和她相撞。我当然看到她了，别无选择，我只能迎着走，因为我"看不见她突然转出厨房"，我指望她避让我,但是,这个毛毛躁躁的老太婆,光是大呼烫烫烫!不懂自己回避,临了才后退了一小步,而我撞了上去。我能做的就是稍微侧了一下身子。汤碗被我左胳膊撞掉了,烫到了我婆婆的小腿,主要是另一只手上的萝卜丝煲,直接盖浇在她脚面上敷着烫。我婆婆的尖叫声,完全具有开膛剖腹的锋利。我茫然地站着。眼角的余光看到光辉老师飞速地脱他妈妈的外裤和袜子,随即,她被他拉进卫生间浴缸里。我听到他喊:站着,别动!我浇冷水泡你。这期间,我婆婆一直发出很瘆人的声音呼痛,穿插着很多生殖器组词的句子咒骂我。应该她是痛疯了。

但我并不是一点都没有烫伤,我的左脚外侧面,火辣辣地痛。光辉老师的注意力在他妈妈身上。我在自己房间脱袜仔细看了,发红,透明感,快要起疱的意思。我掂量着,决定还是去冰箱摸了一个冰袋出来,自己冰镇在脚面上。光辉老师看到了,他停住了脚步,向我走来,我觉得他会看看我的情况,但他拍拍我的肩,就走开了。

我一直在脑子里回放着撞击的瞬间,光辉老师的淡漠与节制,让我担心是否躲得太准。我宽慰性地认为那一瞬间我的侧转,不一定就是有视力的正确闪避,也可以理解为下意识的反应,它完全是运气,概率各一半,因为我转向的可能正是撞击中心点。我安慰着自己,但是,周五晚上的事,让我确定我的处境,比我想象的糟。

周五一早,我婆婆跟光辉老师的车下山了,一个亲戚做寿。因为光辉老师专业的泡冷水急救,我婆婆的烫伤奇迹般恢复得不错,据说受到了医生的表扬。而我婆婆在康复中的那些天里,忍痛做饭,唯一去痛的方式,就是痛骂我,想起来就骂几句,依然是粗话连篇。所以,她下山会亲戚,我很高兴。光辉老师说周五事多,可能晚归。我说我自己会用微波炉热花卷。你给我放好就行。热开水也倒在我的保温杯里,还要了一个苹果和一个香蕉。

我看了电视。中午,我还走到了院子的阳光下。我爬上了美静买的半个鸟笼式的白藤吊椅里。中午的阳光下,轻微地摇荡着。尽管危机重重,心里堵得慌,但这一刻的阳光与宁静,很让我舒服。在视力没有恢复之前,我一个人在家,从来不敢走出院子,我害怕我在院子里摸索盲走时,有人悄悄进了屋子。

晚上,院子里传来光辉老师的汽车声时,我看了墙上的钟,快十一点了。光辉老师进来时,老远我就闻到了浓重的酒气。我依然习惯性地坐在过道边那一对单人沙发上,面对着玄关的那个。因为我的左耳听力比右耳好,听电视方便。光辉老师的后面,假天骄也进来了,他俩都是笑着,打着鬼祟而快乐的手语。光辉老师清了清嗓子说,还在听电视啊。

嗯,这一集快完了。我说,我闻到酒气了。

一点点。光辉老师说着,重重坐在正对电视的长沙发上,他随手剥着香蕉。那个马尾辫从卫生间出来了,做了个鬼脸。因为我的耳朵是对着电视的,她的鬼脸在我的视野里,但是,不是聚焦点上,所以,表情不是很真切,不知道那个不真切的鬼脸,是嫌弃厕所臭味,还是嫌弃我还在客厅。没想到,她竟然开始脱衣服,她用肚皮舞的节奏,把衣服一件件砸向沙发上吃香蕉的光辉老师。光辉老师嘴里堵着香蕉,不动声色地吃。很突然地,他一下子站起来,把那个除了黑丁字裤一丝不挂的女人,一把揪提到沙发上。女人耸动的背影,应该是想呼喊鬼叫的,光辉老师指了指我。

顿时，女子做了个类似瑜伽的拜月造型，短促而放荡，她漂亮的光背对着我，如果看到表情，应该就能确定她欣然接受了默片挑战。我只能在散焦的视野边缘，看到光辉老师的决绝阴沉的胖脸，就像丑陋的河马在和一条带鱼生死搏斗。这部激烈凶悍的默片，令我厌恶却又展现出奇怪的吸引力。像马尾巴的头发，被他拧转看向电视墙，而要嘶叫的女人，被他卡住了脖子又狠狠捏住了嘴，就像被捏破的皮球；光辉老师在性上，似乎接近毁灭性的大冒险。带鱼般的眼睛翻白一脸败破，却身体沸腾。她不只头脸通红，苗条赤裸的身体上，还布满红白相间的酒后地图斑纹。光辉老师则一脸发青，他喝酒从来不会上脸。

整个客厅酒气浓重。激越的默片偶有音响差错，短促的人声漏出来。

我很快意识到，未必是酒后的疯狂放荡，他们根本无须在客厅打野战，是有人在检测我的视力是否值得信任。他不惜以这样变态的方式试探，就是要逼出真相。结果会是什么？如果我通过考试，我就依然是为人所控、人畜无害的东西；如果我没有通过，那么，肯定有更多的家庭意外事故在等着我，不止玄关，不止天台，到处都可以有生离死别的码头。也许，今晚就可以发生。

我还意识到，电视剧情的声响，总有镇压不了家里河马与带鱼沸腾动静的时候，一个盲人必须表现出正确的疑惑。所以，我的耳朵就像天线，对准声源，我征询性地叫了一声他的名字。光辉老师立刻回应我的纳闷探问，他说，没事……一只……蟑螂……噢天……

打到没有？我问。钻进沙发缝隙里了。他艰难回应。

电视剧正好结束了。那个熟悉的片尾音乐响起来,我摸着遥控器,关掉了电视,然后我就扶着沙发靠背站了起来。光辉老师说,嗯,你早点睡吧。

我摸索着回到自己的房间,一夜无眠。

二十三

　　有一种像蚕一样的虫子，它每走一步，就把细长的身子，拱成一个"几"字，王红星叫它"欧米伽虫"。我每次看到它就打哆嗦。在小茶乡，有一年闹虫灾，它们吃掉了很多茶树叶，我都不敢在树下走。有个男孩把一条虫，放在我的肩膀上，我看清后当场小便失禁。长大后我们找到了它的名字，叫"尺蠖"。那天，一条牛皮纸色的，头部有眼睛般的黑色圆点、身体两侧有黑线黑刺毛的、三四厘米长的桑尺蠖，就被楚光亮拿来放在我的饭碗里。照例，我的饭碗是菜饭都倒在一起吃的。那个"Ω虫"，被楚光亮贼笑着悄悄放在我碗里时，它一开始不动，像一截肥胖的梨子梗，可能是饭菜太热，它马上拱动起来，每一步都像一座肉拱桥，它在乱爬。我盯着餐桌居中紫菜蛋花汤的位置，不敢直视饭碗里的它。光辉老师的脸色兼具顽皮和恶心，楚光亮就是急等着开奖的开心脸。显然，这是一见面就吵架的楚家兄弟的最新研讨与合作。看起来，哥儿俩就像回到顽劣、淘气的童年，但这当然不是恶作剧游戏，是包裹在娱乐中的阴毒测试。

　　吃饭，吃饭！楚光亮说。

妈妈还没来。我说。

我们先吃吧，光辉老师说，她在热巴浪鱼，马上就来。

我阵阵反胃，我不知怎么才能假装看不见这只尺蠖，再把它爬过的饭菜吃下去。那条尺蠖，终于从饭碗边缘逃了出去，但是，楚光亮用一支牙签，挑着它的拱部，把它重新放回了我的饭碗中。它又在热饭中奔逃，一步一拱，肥软的弯曲，像里面充满了体液。它坚持着要逃离热腾腾的饭碗。楚大哥拿起汤勺，往我的饭碗，浇了两勺滚烫的勾芡的紫菜汤。她喜欢吃紫菜，他说。

尺蠖在我饭碗里倒毙了，身子拉得很直，头部的黑毛，像刺蒺藜般的，没有被紫菜汤淹没。

我的后脊骨靠腰部之下，触电似的发颤。从小，我在过于紧张、过于激动的时候，那段脊椎以下都会发麻，甚至小便失禁。奇怪的是，我居然想起了满院贴梗的宣木瓜青果，想起王卫国。有一种类似决绝的蛮力，开始主控我，尽管鸡皮疙瘩成片地在两只上臂的外围发冷似的泛起，胃气在滞胀，上下大牙床都在涌口水，但我告诉自己不许吐。我也想过，是不是假装呕吐，趁乱逃过这一劫，或者，假装椅子后滑摔倒，就能躲过这一只烫死在饭菜中的尺蠖。但是我很清楚，这一关绝对逃不过，院子外面的野桑树好多这种虫。我躲过了这一条，躲不过所有的尺蠖。我没有退路，我捧起了饭碗，嫌烫似的重重放下，然后，我用调羹进食了一小口饭。紫菜特有的腥气，在我嘴里全是那个尺蠖的味道。我的两腮在发麻，整个头皮，就像被人掀起后直吹冷风，连着脖子上全部是鸡皮疙瘩，它们和头发一样，就像倒伏的树木在成片立起。我小便失禁了，我狠狠咬住舌侧，咬得满口腔都是血腥味，但小便止住了。

我婆婆出来了，我大声抱怨，太腥了！今天的紫菜！

我婆婆和我希望的一样，她重重放下巴浪鱼：屁个本事没有嘴巴又很刁！——腥在哪里？我巴浪鱼放最后热，汤在前面煮的，哪里腥？！腥什么鬼！

光辉老师舀了一勺喝，说，不会呀！可能胡椒粉少了。

楚光亮一脸坏笑，积极地说，我也觉得腥，是有点腥。吃吧吃吧，越腥越补！

我婆婆一筷子打在老二手上：放屁！鬼话你也听！

谁放屁！我站了起来，把长调羹使劲掼了出去。不锈钢的长调羹"当啷"一声砸在紫菜汤的搪瓷汤锅上，又从红烧豆腐的瓷盘口弹滑下桌，再一声响。我狠狠地指着我婆婆和楚光亮之间的空隙：这！是！我！的！家！我喊。随即降低声调：我只是随口一问，你就像骂讨饭婆一样骂我！你骂惯了！我告诉你，这是我的家，你走！你可以马上走！

光辉老师脸色一变，伸手拉我坐下。与此同时，我婆婆拿起筷子拧身就抽我，我直挺挺站着，楚老二拽了他妈妈一把：好啦，吃饭啦！吃饭吃饭！

我婆婆又腾地站起来，指着她家老大：你不要假装没有听到！她叫我走！她赶人啦！行，你让这瞎子把欠我的工资通通发给我！我今晚就走！我伺候够了！

二十四

我还是要承认我很意外，至少是局部的很意外。我对那个黄金时刻至今难以置信。是的，对填充那个时间的内容，我并不意外，这是早晚的事，不是我就是他。填入这个时间里的失败者基本是我。没想到，就在那个著名的华人圈催眠专家顾天怀来的前两天，命运突然出现了一个三金倒的牌。它居然让一个一手烂牌的人和了。

的确，我以倒计时的心情，瑟缩在那个日益逼近的催眠日前。关于催眠技术，我只知道一点点把人变成钢板而不自知的神奇。我的无知让我更加惶恐。我曾在我婆婆做饭的时候，冒险上楼，到我们的卧室翻找光辉老师催眠方面的藏书，但是，一本都没有，我只看到床头柜上"放肆"的杜蕾斯盒子。我婆婆对那个假天骄的鄙视也是有原因的。

看来，光辉老师不是自谦，他的确是催眠方面的外行。如果不是这样，也许他已经催眠出密码了。王红星生辰打头的生日密码，像刀刻一样镌刻在我的记忆星空，我越想遮盖，它越是月明星稀，浮雕般凸显。这六个数字，就像一只着急出笼的小鸟，只要一个正确的牵引唿哨,它就会利索地飞离记忆封存的牢笼。我根本控制不住它的任性飞翔。

可怕的催眠日在一天天逼近,怀揣秘密的我,很快就会被打出原形。事实上,光辉老师已经多次问我,是不是已经回想起了密码,虽然大多数时候是用开玩笑的口吻。但是,我看到他眼镜片后面的眼睛,充满了严肃的焦虑与审察。更令我日益不安的是,显然,那天的尺蠖测验,我没有通过。我有限的胆量和自以为是的聪明,都骗不了精明勇敢的楚家兄弟组合。那个行走江湖以诈骗为生的楚光亮,可能就是最早识别我视力真假的人,应该是他提醒光辉老师要做我的视力测试。他俩八字不合,但不妨碍大目标一致。而我那天僵硬变形的表情,恐惧难掩的眼神,满腮暴起的鸡皮疙瘩,椅面的些微潮湿,可能都在出卖我的视力。所以很明显,打那之后,光辉老师曾两次说,有点思路了吧,我们再试一次密码?

他对打开保险柜的急切与执着,超出了我对他在所有问题上一以贯之的从容判断。

光辉老师一直劝我出去爬爬山,去水库大坝上散步。那个乡下水库,因为车少人稀,大坝的两边,长期都没有护栏。刚搬来不久,曾有一辆满载毛竹的卡车,翻了下去,车上有人还被一根毛竹戳穿,据说像烤串似的;每年,都有偷着游泳的小孩出事。我不去,天气反季节的炎热,是我的理由;我的左腿疼痛,也是我的理由,我走不了。我就是不出门、不上楼、不吃药。我竭力杜绝一切危险隐患。我绝对不再上天台。光辉老师说你这样会生锈的,生命在于运动,必须出去吹吹风、透透气吧。如果经济条件改善了,他说他会找个专业护工,陪我去练瑜伽去跑步。他说，他越来越为我的健康担心。

那天是一个水天流丽、草木新绿的初夏下午，天空和水库的水，清美而湛蓝。光辉老师下午四点多就回来了，语气上就能感到他神采飞扬，他说，完结了一个很成功的典型个案。他说，一路开车回家，水库两岸景色非常美，他一路把车窗都降到底。这样吧，他说，你坐爸爸的轮椅，我推你去散散心。你若好奇，我可以将隐私处理一下，一路给你讲讲这个精彩曲折的案例。他不由分说，到储藏间，把爸爸出院时用的轮椅推了出来。他试坐了一下：嗯，很舒服，老爸买的倒都是好东西。你坐坐看。

光辉老师说，我们到了你想停留、想吹吹风的地方，就下车走走。我牵着你，不用怕。走累了，我们就再坐轮椅。好吧，走！今天开始，我们要养成散步的健康习惯——走走走。

这些暖话，即便对惊弓之鸟的我，依然很有爱的魔力。

光辉老师推着我，我们慢慢地出了院子。从小水泥路下山，再慢慢地往水库大坝走。大坝上依然车稀人少，靠山坳那一边的大坝斜坡上，芳草萋萋，一长面的大水泥底子上，几个褪色红字：和光水库。靠水库内侧，依然是寸草不生的花岗岩砌的大陡坡。光辉老师一路笑眯眯的。我们绕过一小片农家老荔枝树，从小道上了大坝。大坝内侧的花岗岩斜坡上，竖着一面警告墙，两米见方，内容是：警示！！！水库范围内，禁止游泳、洗衣、种植，违者后果自负！前面一行半的字，很鲜红，还有笔画因含漆过量导致的红漆流挂，又被使劲擦掉的脏红色。种植的"植"以下的字，还没有描红，灰红暗沉地不醒目。水泥警告牌框下，放着一罐开了盖子的大罐油漆和一支排笔，应该是有人正在重新描红警示牌，忽然有什么急事，描了一半，人匆忙就不见了。

走过那个警示牌，风就更大了，倒是很柔和、很舒服。光辉俯身问我，是不是，这么好的风，心旷神怡了吧？我的轮椅停在大坝中段靠边，下面是薄薄的石梯。其实我的心是悬着的，但是，我是瞎子，看不见危险，我不能自主后退。我悄悄地把轮椅两边的手刹，再次拉紧。大坝边，光辉老师描绘着美丽的水岸风光，时不时拉扯我说下车走走。我拒绝，说腿疼得厉害。我当时对危险的想象，只限于自我防备，别走着走着，就被人一把推进水库里。

一开始我没有看到大坝边有人游泳，但我看到了大坝内侧左前方岸边的大石头上，有一把红白相间的大阳伞，看到伞底下伸出的垂钓鱼竿。钓鱼的人看不到坝上。忽然，那把伞掀翻似的倒了，一个当时也看不出年龄的垂钓者，指着水里在跳脚大喊。我不知道是谁给我的灵感和勇气，那一瞬间太快了，我不知道我怎么就抬了双脚，准而狠。光辉老师站我前面，他显然注意到有人在大喊。我甚至觉得自己都没有踢到光辉老师的膝盖腘窝，他就那么一路往坝下的水库狂冲而去。如果有慢动作回放，可能会发现光辉老师步履仓皇踉跄、有着极力平衡身子的努力。但是，大坝坡太陡了，那个扁扁的、薄薄的工笔画似的细台阶，只会给冲下去的人打乱步幅节奏。光辉老师冲进了水库中，溺水的少年挣扎着似乎在向救援者示意。后来，那个垂钓者身边又多了一个人，他也是衣裤未脱，跃进了水库，不知为什么，几步之后他又回了头，也许他看到光辉老师已经下水救人，所以可以先继续观望，因为从那边游过来更远，起码三四十米吧。后来有村民传说，他本来觉得有人救了，后来是感觉救人者不太老练，才摘下新买的假名牌劳力士手表，又跳下水去。

光辉老师在水里"龙吟虎啸",看起来在奋勇精进。一会儿后,我看到钓鱼伞那边的那个救援者,已经向我们这边、向那溺水少年游来。在我看来,他的动作也不比光辉老师好看,速度也不够快,就在他终于抓住少年时,两人却同时没入水中,与此同时,光辉老师也不见了。那一瞬间,水库水面就像没有一个人。很快地,救援者和少年重新浮出水面,他把少年拖往垂钓者那边的水岸,没有就近登陆大坝,后来我才明白,村里的人都知道,大坝水下非常陡滑,根本站不住人。

懂地形的救援者,带着溺水少年往钓鱼伞那边而去,在我看来,他正确地忽略了第一个救援者。他先把少年倒趴在石头块上,吐水还是什么的,展开了农村的急救措施。这些时间里,我已经想好了和万一爬上岸的光辉老师怎么说:天啊,是不是我误撞到你?听到有人大喊,我太紧张想站起来没站稳。光辉老师会想起什么呢,会想起那个特大台风天,他为我拍照,但没有站稳,差点把我冲撞栽下阳台的事吗?会吧。如果那样,我们扯平了。

水岸那边,二号救援者看向大坝这边,他又看看水面,似乎很茫然,而光辉老师确实不见了。从钓鱼伞那边的水岸看过来,救援者应该只能看到高高的大坝边,我孤零零地独坐在轮椅上。水库水面,平展而宁静,偶有涟漪,把倒映水面的山影推皱了一下。

我迎着夕阳呆坐。

天地间充满落日熔金的磅礴光辉,水域的远方已经延伸到了辽远的天边,那极致的天边,水天相融难分,有着电光石火般耀目的珍珠白。我一动不动。夕阳越来越红,水面的万点烁金,在那样浩渺的水色天风里，我在辨别光辉老师复杂而丰富的那缕奇魂，他那充满魅力的引用句，依然随长风起舞，孜孜敦促着、激励着人间的浩荡生机：

> 事情发生了
> 自有它发生的理由
> 我未必能够知道
> 但我必须接受已经发生的一切
> 抱怨事情不该发生
> 是不让自己成长
> 如何配合已经发生的事情
> 给自己制造
> 成功开心的机会才是最重要的

—— 萨提亚

水天一色，落日熔金里山河隐忍。万象秘更，多少追梦的幽魂，总也秋收冬藏、春生夏长。

二十五

　　她看不见，瞎子。周围的人越来越多。

　　后来我知道，那个有效的救援者，正是那个描红了一半警告语、突然内急的村干部。他最早来到我身边，脚步在粗沙地面上，沙沙接近。我伸出手摸索：……光辉？

　　也许整个村里的人，都到大坝上来了。人们越来越多，水里的小船也越来越多。他们来救光辉老师，实质上是捕捞尸体。大坝上的人们叽叽喳喳，大家说话都又急又响，生怕别人听不清，很多声音在重复自己的观点。说靠水库这边的大坝水下很陡很滑，根本站不住。有个女声扯着嗓子喊，前几天早上她就见过一个水鬼坐在岸边，一看到人，就扑通跳到水里去了。

　　最后，村委的什么人和来娣一起，送我回家。再后来，有多路记者上山来采访，电视台的有个摄像师，反戴棒球帽，长得很匪气又敬业，每次经过我的时候，怕碰着我，都会用英语说：抱歉。心细的媒体女记者，还带了鲜花。所有的媒体都知道了，光辉老师留在人间的最后一句话是：别动！我就来！再后来，全城人都知道，有个心理咨询师，见义勇为，为一个刚考上大学的学生,献出了自己的美好生命。有一篇报道的标题就是《光辉生命爱心永存》。那个准大学生救活了,就是本村的读书郎,家里送来很多地瓜,还有空心菜。他表情腼腆惊惧未退,在家人的指导下,他在我面前跪下,叩头三次;村里、区里、市里,各级综治部门,都送来了见义勇为抚慰金。他们还告诉我,作为见义勇为的直属亲人,可以享受多少的光荣福利,比如高考加分、孩子择校什么的。

两天后,那个华人圈著名的催眠大师顾天怀培训班开班。在四天后培训班结束的日子里,我依然沐浴在光辉老师见义勇为的光荣余晖里。顾老师培训班结束的那一天,岱纹区卫健委的两位工作人员,带了一对夫妻上山,男的腿脚不便,拄着一根黑色拐杖。一行四五人,找到我们家时个个都浑身是汗。那对夫妻是专程来感谢并悼念光辉老师的。他们说,如果没有光辉老师当年对他们儿子的悉心疏导,男孩可能早就自杀了。后来,他在美国加州读完了大学,现在在加拿大一个心理研究部门实习,他也将成为一名心理咨询师。听说光辉老师救学生牺牲了,他请求父母一定代表他过来,给光辉老师鞠躬致谢。那个做父亲的,放下拐杖,很吃力地替儿子下跪。我是瞎子,听声音我张手阻拦,但是,好像是区卫健委来的、一直在拍照的那个人,有力搀扶架住了我。他请求那对夫妇重来一次,因为他来不及拍照。那对夫妻又跪拜了一次。然后,另一个卫健委的人,双手郑重递了一个红包给我。他说,这是政府的慰问金。不论政府不论普通老百姓,大家都大老远地过来,就是为了表达这个心意。楚老师拯救了这个家,也成为我们区开展心理服务试点的一个最成功案例。感谢楚老师!希望我们岱纹区,希望整个社会,像楚老师这样的人越多越好。

之后，至少半个多月的时间里，我还接待了三四拨、惊悉光辉老师英勇事迹的、迟到的来访者。他们是光辉老师的相交者、受助者、获益者，还有崇敬者和学生。快一个月了，还是有很多淳朴的村民，总把新摘的黄瓜、豇豆、西红柿等，悄悄地放在我们院子门口。

我婆婆收拾完行李，彻底离去的那天中午，我打开了保险柜。

里面有两张纸，包着一个小录音笔。一张是委托书，就是和诸葛大林伯伯一式两份的那个委托书；另一张是一封短信。两张纸上都是王卫国漂亮的毛笔小楷。信很短：

　　我没经验，父亲做得很差劲。
　　不管你最后能不能看到，我知道，你的眼睛一定会好。
　　你问过我很多次，为什么总和你拉钩。现在告诉你，每一次拉钩我都在心里说，喂，最像我的孩子，一百年不许变！
　　有事找大林伯伯。他知道我把你托付给他了。

爸爸

我泪水长流。录音不知道是他什么时候录的，但听得出是在出院之后。关于他的产业、家里的情况、保险的状况、对我的生活工作建议，都交代得非常清晰。显然，他对自己可能的意外，有充分的准备。这是聪明人最大的痛苦吧,王卫国几乎悲壮,对不可测的未来他一清二楚,但他选择了陪伴我。我简直不敢想象,如果不是美静在车祸中当场死亡,而是王卫国先走,我们的生活又将是如何残酷地展开呢?

打开保险柜的那一整个下午,我都在哭泣。艳阳高照、水库波光潋滟。寂寥的宣木瓜别墅里,一条泪眼婆娑的、枯枝一样的人影,魂魄似的在屋里流连着、移动着。每层、每个房间、每个转角、每个阳台天台,我边走、边看、边抚摸。这是个崭新的家,是亲人们只剩下音容笑貌于空气中的家,这是我用眼泪一滴一滴在重新认识的家。

我怎么也止不住自己的难过与悲伤,泪如珠帘里,我成了和当年美静一样的碎碎念患者——我好了,王卫国,我已经好了;美静,我好了。我看见了,我都看见了……那些外表丑恶的扎人果实,那些榴莲的内外、菠萝蜜的内外、板栗的内外……我都看见了,我看明白了,我开始懂了各种不受待见的困苦背影,我也领悟到那些艰难内里的善意、遗憾与挣扎,还有,是的,还有,与生俱来的、每一个家无可超越的、互持互撞的勃勃生机。是的,我看见了,我能面对了,我理解了,我在接纳了。再狰狞、再多荆棘、再操蛋,都是我与众不同的人生。是的,爸爸,不论我们是什么身份——不完美的我们,就是世界的真相。没有人会有完美的人生。但是,正如光辉老师所说,战争可以让一座城市变为废墟,但土地还在,人还在,依旧可以再建一城;同样地,我们伤痕累累,但生命还在、思想还在,我们就仍然可以人格重建。你想知道吗,美静,楚老师还说过——在床上说的——我愿意和你分享:他说,做父母其实是件撞大运的事。你的身体、你的力气、你的个性、你的偏好、你的执念,甚至每一个知识点、每一个选择、每一个行为、每一句话、每一个眼风,你都不知道,它们会对子女产生什么样的影响 —— 祝福那些努力的卵子和胜利奔跑的精子吧 —— 妈妈,这是多么惊险的人生,一个幸运儿,又要多少机巧、多少匹配、多少自洽,才能获得接近完好的一点点的命运结果?

爸爸,谢谢你。妈妈,谢谢你。光辉老师,谢谢。

来娣被我请回来上班了。我把所有的见义勇为抚恤金,还有我婆婆想要的工资,通通给了那个淘气的老太太。我让她走。我给了她一个月让她把自家出租房子收回的时间。我婆婆一直在悲伤和懵懂状态,只有接过钱的时候,眼睛才有光亮一耀。我依然是瞎子,来娣表现出极大的忠诚勤快与善良。我让来娣把院子里的所有宣木瓜全部拔掉,改种茑萝。什么叫茑萝,来娣问。我说,五角星花。来娣笑出声来,嘻!来娣说,不如种包菜、茄子、黄瓜啦!

都种茑萝。我想了想,要不留两棵最大的宣木瓜吧。爸爸一棵,妈妈一棵。纪念。

我婆婆走的前一周,电话响了。我已经有新手机了,但是,家里的电话响了。来娣接了说找我,我摸索过去,一个不好分辨男女的声音:

告诉你,我很清楚,楚光辉根本不会游泳!

我语气平静:你怀疑英雄?什么意思?

什么意思 —— 你比我更清楚!

电话挂了。我在嘟嘟嘟嘟嘟的声音里发呆。我听到了嘟嘟嘟嘟绵延无限的恐惧。我考虑要不要拆了固定电话。这电话是从老房子那里移机过来的，保留了原号。如果拆了，王红星万一活着，他想回家，那就找不到我们了。这也是我反对光辉老师多次想拆除电话的正当理由。但有人准确地打了这个老座机。我知道谁知道这个电话号码。我知道他是我所有认识的人里，最敢逾越规矩、最敢冒险玩火的人。他打过这里的电话找他母亲。

我告诉来娣，明天，你帮我去村子里买两条狗吧。我喜欢狼狗。

第二天上午，电话又响了，我不想接。来娣下山找狗去了。我不接，但它固执地响了又响，而且听起来比刚才的铃声更大声、更急促，我只好去接。接电话的时候，我的手指已经潮湿冰凉。

——小巫婆！

一个声音在快乐地怒喊：你在哪儿？！

我呆怔着，把听筒拿离耳朵，看清楚，又贴耳谛听。

喂——王红星在里面喊。

忽然地，我的喉咙里就像蹿出了鞭炮，我放声大哭，翻江倒海。我跺脚、死命擂墙，我踢倒了兰花架，我的号叫与嘶吼，吓得电话里的声音也在变调：怎么了怎么了你？我凄厉的尖叫直到叫倒了自己的嗓子，戛然出不了声，然后就是喘不上气的痉挛，后背腰部电击似的发颤。我小便失禁了。

王红星在电话里一直急呼我的名字，但我稍微能喘气，喉咙里奔蹿的就是更加粗野的咒骂与歇斯底里的怒吼，我又是打嗝儿又是食指痉挛，之间混杂着刺耳的、魔兽性的啸叫，我痛哭流涕，语无伦次，我不知道自己在声嘶力竭地疯喊什么、怒骂什么，这么漫长复杂、阴暗不堪、悲哀残酷的日子，王红星都避免了：万千的委屈、万千的孤独、万千的恐惧与绝望、万千的悲伤与痛悔……我以为我再也无处诉衷肠啊……

这一刻，世界终于祥光围照，安全感和幸福感，让我直上云霄。

二十六

关于味道，也算尾声吧。

有一天，我辅导孩子做作业，最终又在一忍再忍、忍无可忍的情况下歇斯底里地爆发了，我一把抄起他的铅笔盒、课本、奶杯，噼里啪啦地通通摔到在地上：猪！这么简单！为什么就听不懂听不懂听不懂！没有比你更蠢的猪！那个很像王红星小时候的一年级的孩子，呆若木鸡地看着暴怒的我，然后，和他舅舅一样，小眼泪扑簌簌地落下。我愤怒地闭上眼睛，调整呼吸。一会儿，两只细胳膊圈住了我的肩膀，孩子把泪湿的脸，轻轻塞在我的脖子和颈窝之间。我不为所动。等我自己稍微平息了，我开始拍抚那个瘦瘦的小背。他仍然圈着我，小脸依然埋在我的颈窝里。他已经从我的动作里，知道我不生气了，但是，他一动不动，持续地把脸藏在我的颈窝里，我感到他越来越吃力的呼吸，我把他提拽出来。拽出的小男孩的脸，却是一脸开心与获得感。刚刚换好的门牙，和我小时候的故宫大门款门牙一样。显然，从我拍抚他的背开始，他就不害怕不生气了，现在他如此满足与神气，小小的人，他的情绪是那么的简单易改。我由衷地摸了一把那个睫毛还是湿的幸福小脸蛋。

孩子得意地说，妈妈的脖子里面，都是熟板栗的香味，非常非常好闻噢……

我大吃一惊。我从来都没有闻到，更没有意识到，我的身上和王卫国身上有着相同的气息。同样地，我从来也不能敏感察觉到我的暴躁与严苛，我忽略这一切，我没有认真省察过，这是否也在影响我的孩子、我的家？

同样还是这个像我一样敏感于气味的孩子，他经常在我讲睡前故事的时候，咕哝说妈妈手上有菜的味道。有时，他只说，妈妈你忘记洗手啦！或者，他说你洗了手再和我一起躺。不然，很臭。我说洗过了！再啰唆，我不讲了！我的事情一大堆！你自己看好了。自然，他总是不肯。

现在，我忽然意识到，全部都是一样的，多么相像，我和王红星小时候，不也是经常抱怨美静的手都是葱、姜、蒜的难闻味道。王红星叫美静去洗手，美静说我洗过了，还用了洗面奶。我说，胡说，臭死了。美静说，嫌臭你滚。我就滚，但我还是不时嘀咕着谴责她不好闻的味道，还经常挑拨王红星去让她再洗手。美静后来真的很生气，说，你们以为我是不讲卫生的乡下人啊！

这当然是骂我的意思。所以，我到后来几乎不喜欢葱、姜、蒜、芫荽的气味。没想到，现在，我的孩子也告诉我，我手上有菜的味道。我开始试着下厨时，是孩子脾胃很弱，胃口不好的时期。而我，大概和王卫国一样，八字里有"天厨"。我无师自通烧得一手好菜。保姆则怎么都调教不好。我就经常做，我们家不只有葱、姜、蒜、芫荽、胡麻，还有我喜欢用的茴香、薄荷、迷迭香、九层塔。但是，离开厨房我就洗手。我的确洗手了，非常

169

仔细地洗,因为厨房的味道只限于在餐厅、客厅才是美的。我洗手且必定涂上护手霜,有时还用手膜。而第一次孩子评说我的手有菜味,就是手膜脱模之后。真是胡说八道,我的愤怒,想来和美静当年的感觉一样。但是,现在我明白了,美静洗了,美静委屈了,当年,她一定也是尽力去保持一双干干净净的手。

发现颈窝里的熟板栗味道之后,我就更认真地省察起自己的生活。感谢孩子,他让我看到了月亮背面,更多的月亮背面。

也许,我们唯一能够"修改设置"的,就是在这犬牙交错的心理纠葛上,自我超越,获得成熟后的宽厚与清澈与自由。